SHANGHAI LITERATURE & ART PUBLISHING GROUP

故事会
精品系列

情爱故事

I0529730

上海锦绣文章出版社
上海故事会文化传媒有限公司

上海文艺出版（集团）有限公司

图书在版编目（CIP）数据

情爱故事 《故事会》编辑部编 － 上海：上海锦绣文章出版社
（故事会精品系列） ISBN 978-7-5321-1288-3
Ⅰ．①情…Ⅱ．①故…Ⅲ．①故事 作品集 中国 当代 Ⅳ．I247.8
中国版本图书馆 CIP 数据核字（1999）第 39851 号

丛 书 名：故事会精品系列

书 名：情爱故事

主 编：何承伟

编 委：何承伟 吴 伦 姚自豪 夏一鸣

责任编辑：刘迎曦 鲍 放

装帧设计：王 伟

责任督印：张 凯

出 版： 上海锦绣文章出版社

上海故事会文化传媒有限公司

POD 海外发行： 中国图书进出口上海公司

电话：021－36357888

传真：021－36357896

地址：上海市虹口区广中路 88 号

邮编：200083

目　录

情　　缘

爱是纯洁真挚的感情。爱神蒙着
眼睛,却会一直闯进人们的心灵。

奇怪的姻缘

俗话说,花开引蝶,树大招风。在"文化大革命"那个动乱时期,姑娘长得漂亮也遭罪。

有个火柴厂女工,名叫杨爱霞,个儿不高不矮,身材不胖不瘦,不但长得漂亮,而且还聪明、大方。

这一天,厂里的政工组老王找爱霞谈话,他笑眯眯地说:"爱霞,恭喜你,咱厂革会主任选你做他的三儿媳妇,派我当介绍人。你要愿意,马上把你从工人 升干部,你看咋样?"爱霞一听,气得脸绯红:这主任的三儿子是个正事不入门、邪事门门通的二流子,自己怎么能同他谈恋爱呢? 可再一想:这个主任靠造反起家,要是得罪了他,就会大祸临头。怎么办呢? 她灵机一动,笑着对老王说:"感谢主任对我的关心,我个人问题早就解决了。"

老王一听，先是一愣，随后便严肃地说："解决个人问题，为啥不征求组织意见？"爱霞说："我心想，组织是抓大事、管路线的，个人生活小事何必麻烦呢。"老王面孔一板："这是什么话，咱主任在会上讲了多少遍，如今事事有路线，恋爱结婚也有路线问题。你那朋友叫啥名字？在哪儿工作？是工农兵还是臭老九？家庭是依靠对象还是革命对象？你得马上告诉我，我要把情况向主任汇报。"老王这一席话，问得爱霞头上直冒汗，但她沉着应付，故意装作俏皮的样子说："现在先不告诉你，一个月后，我把人领到主任办公室，听候审查。"老王听爱霞的口气，好像她的朋友还真有点来头，也就圆滑地说："好吧，那就等审查后再谈吧。"

爱霞回到宿舍，越想越觉得害怕，她没有谈恋爱，哪来的朋友？到时候岂不要落个欺骗组织的罪名？眼下，再托人介绍，如果声张出去，被主任知道，这事不就更糟了吗？她越想越伤心，一头栽倒在床上哭起来。哭着想着，整整翻腾了一夜，也没想出个好主意。

第二天上班，她一边包装火柴，一边发愁。突然，她看着手里的火柴，心里一亮。当天，她把一只空火柴匣拿回宿舍，取出纸，写了一张便条，便条上写着：我叫杨爱霞，今年二十三岁，火柴厂工人。凡年龄在二十六岁以下的未婚男青年，为人正派，思想进步，不管工人、农民、干部、学生，愿意和我谈婚者，请携此便条和照片，前来火柴厂面谈。写完，她拿了一张照片，用便条包好，装进空火柴匣里，打在马上出厂的火柴包里出厂了。

自从火柴匣出厂后，爱霞整天　心吊胆。一连过了四天，第五天，门房来电话，要爱霞去大门口会客。她一听，心里顿时"怦怦"乱跳。到了厂门口，门房老汉指着门外大槐树底下说："就是他。"爱霞一看，树下站着一个农民打扮的青年，就快步向那边走去。那青年一见，自我介绍说："我叫李向农，红旗公社火箭大队社员，今年二十六岁，家中还有一个多病的母亲和两个小妹妹，看到你的便条和照片,我就来了,不知你愿不愿意和我……"爱霞一边听,一边悄悄打量对方,她觉得来人虽是农民,衣服又脏又土,头发乱蓬蓬,但体格魁梧,相貌英俊,几句简短的话,听得出是一个老成实在的人。她红着脸说:"我在便条上写得清楚,你既然接到便条和照片,我当然愿意……不过,来厂找我,也该换套衣服呀!"李向农为难地说:"这几年'批林批孔',我们队一个劳动日只有一角钱,连吃饭都成问题,哪有钱买衣服穿。"爱霞一听,同情之心油然而生,从袋里取出二十元交给李向农,说:"你拿去买一套衣服,后天中午十二点在这里见面。"李向农接过钱,感激地点了点头,转身走了。

到了那天中午十二点,李向农依旧穿着那身又脏又土的衣服,准时来到大槐树下。爱霞一见就问:"你咋没换衣服?"李向农愁眉苦脸地说:"我妈病了,钱给我妈看病用光了。"爱霞听了,忙问:"病得咋样?"李向农:"连着打针吃药,好多了。"爱霞转身去宿舍,又取出三十元,说:"再给你三十元,二十元买衣服,十元继续给你妈看病,后天中午十二点,咱还在这里见面。"李向农接过钱,两眼深情地看看爱霞,慢慢地走了。

李向农第三次和爱霞见面了,这一次,他还是穿着那身又脏又土的衣服。爱霞不高兴地问:"咋又没换衣服?"李向农说:"队上买化肥钱不够,我把钱垫着买化肥了。"爱霞听了,低头不语。李向农解释说:"庄稼一枝花,全靠肥当家。化肥买迟了,就会耽误一季庄稼,这是急事呀!"爱霞听了解释,笑着对李向农说:"你做得对。"说完,又转身去宿舍,取出五十元交给李向农,说:"这回给你五十元,二十元买衣服,三十元留着备用。星期天中午十二点,这里见面!"说完,扭头回厂去了。

星期天中午十二点,李向农还是穿着那身又脏又土的衣服,来到火柴厂门口和爱霞见面。爱霞生气了,背转身子问:"咋搞的,又没换衣服?"李向农笑着说:"走了几家服装店,我不知买啥样的衣服好,今天你休息,想请你进城当个参谋。"爱霞只好跟着李向农进城。

李向农和杨爱霞走进百货大楼,爱霞为李向农挑选了一套合适的衣服,付了钱,正要离开,李向农一把抓住她说:"别走,咱们见了四次面,你给了我一百元,又送我一套衣服,今天,我也要送你一件礼物。"爱霞问:"你送我啥礼物?"李向农随手一指,说:"随你挑选,你看上啥我买啥!"爱霞一听,"扑哧"笑了,暗想:一个劳动日只有一角钱的生产队,一年能分几个钱? 还说让我看上啥买啥,好大的口气! 又一想:瓜子不饱情意重,能有这个想法,也算他对我的一片心意。为了不让李向农为难,她指指柜台说:"我就喜欢这把梳子。"李向农一看,标价只有五角五分,就开玩笑地说:"你太小看人了! 走,上二楼。"说着,就把爱霞引到二楼手表柜台前,指着一块进口表,对营业员说:"同志,买块表。"营业员上下打量着李向农,冷冷地说:"先交款,后 货。"李向农一听,把手伸进又脏又土的衣兜里,取出一叠崭新的人民币交给营业员。营业员接过钱一数,拾元一张的整整五十张,仔细一看,还是连号码的。营业员觉得现在阶级斗争复杂,必须 高革命警惕。想到这里她转身入内,悄悄给市公安局打了个电话,公安人员要营业员设法拖延十五分钟。于是,营业员便借装表带之际拖延时间。

十五分钟过去了,营业员将表交给李向农,李向农当场就给爱霞戴在手上。两人转身下楼,化了装的公安人员连忙尾随跟踪。

他们走出大楼门口,爱霞就追问:"你哪来的这么多钱?"李向农幽默地说:"你放心,这钱是正道来的。"爱霞正要继续追问,李向农抢先说:"对不起,我有急事,要马上回去,下星期天中午十二点,大槐树底下再见。"说完,不等爱霞点头,就急匆匆地走了。公安人员想:常言说,捉贼见赃。既然进口表戴在女的手上,还是盯住女的。于是,紧紧跟在爱霞身后。

爱霞和李向农分手后,越想越觉得不对头:这钱会不会是李向农偷来的? 她一时不知怎么办才好,先赶紧把表卸下来,装进衣兜。爱霞回到厂里,公安人员也跟了进去,并马上把情况向厂革会作了汇报。主任一听,立刻成立杨爱霞专案小组,并通知民兵小分队,马上把爱霞监视起来。

公安人员和老王找爱霞谈话,听说李向农是红旗公社火箭大队的社员,便马上去那里调查。谁知查来查去,火箭大队根本就没有这样一个人。公安人员回厂,逼着爱霞老实交代,爱霞能交代出什么呢? 她吓得哭了起来。公安人员说:"他不是约你星期天中午十二点在大槐树底下见面吗;为了把他和他的同伙一网打尽,你得将计就计。这是对你的考验。"厂革会主任在一旁更是冷言冷语地说:"放着阳光大道不走,偏要走独木桥,现在交了个小偷做朋友,看你怎么办!"

星期天中午十二点,火柴厂门口表面上和往常一样平静,实际上到处都布了暗哨。前来赴约的李向农今天大大地变了样:理了发,吹了风,衣冠楚楚,风流潇洒,一表人才。他兴致勃勃地笑着对爱霞说:"走,去兴庆湖公园玩好吗?"爱霞只得强作笑容地跟着李向农走。

当他们走进兴庆湖公园,公安局的吉普车也相继赶到,公安局李处长亲自部署,公安人员开始围捕。只见湖畔的长条椅上,一位白发苍苍的老人两侧,一边坐着李向农,一边坐着杨爱霞。李处长快步上前,正要执行任务,猛然发现中间那位白发老人却原来是自己过去的老首长、省军区的罗司令员。他急忙笑着走了过去。罗司令员一边起身让座,一边对李处长说:"这是我的三儿子罗华。"接着,又指着爱霞说:"这是华子的女朋友杨爱霞,火柴厂工人,今天休息,我们难得来公园玩玩。"

听了罗司令员的介绍,李处长和公安人员都愣住了,身后的厂革会主任惊得目瞪口呆。司令员哈哈大笑："华子,你们这种恋爱的方法可不大好呀,你看看,把公安局都惊动了。"

罗华红着脸,站起来说："对不起,李处长,事情是这样的,几年来,别人给我介绍了不少女朋友,可她们都是冲着我父亲的地位来的。二十天前,我买了一匣火柴,打开一看,里边有一张征婚便条和一张照片。看过便条,我觉得爱霞不是那种追求金钱地位的姑娘,为了试探真假,我有意化装成农民……"爱霞不等罗华说完,指着厂革会主任气愤地说:"我这样做,全是他们逼出来的!"

接着,爱霞便把前后经过说了一遍,厂革会主任当着这么多人又不好发作,只好灰溜溜地走了。罗司令员哈哈大笑,对李处长说:"虽说他们俩谈恋爱的方法叫人感到新奇,可这对年轻人正确的恋爱观我们可要支持和保护哟!"

第二天,这个奇怪的姻缘就像长了翅膀带了电,传遍全城。

(陈希元　搜集整理)

瓜棚喜相会

　　小王村有个老汉名叫孙百发，人称老孙头，老孙头老伴早已去世，只有一个女儿月娟和他相依为命。老孙头当了好多年小王村的村长，可前年改选，村长这个宝座被一个名叫张振坤的年轻人坐上了，从此，老孙头对这个小伙子恨得不得了。

　　谁知老孙头恨张振坤，他那个宝贝女儿月娟却偏偏相中了张振坤。

　　老孙头不当村长，就在村西头种上了几亩地西瓜。他在瓜田当中砌了间砖房作看瓜棚，还在砖墙上挖了几个瞭望洞，远远望去，活像个碉堡，给这块瓜田增添了几分神秘的色彩。

　　这天夜晚，月娟奉父亲之命带了一条狗，代爹看瓜田。这是个和情人约会的好机会，岂能放过？于是约来了张振坤，两个人依偎着,说起了悄悄话。

两个人正沉浸在甜蜜之中,突然狗"汪汪汪"叫起来,接着,又听到老孙头的咳嗽声和渐渐走近的脚步声。老孙头突然出现,月娟大吃一惊:爹原说今晚有事去县城不来瓜棚的,咋突然来了?难道我们的约会被他知道了?哎呀,若被爹撞见了,可咋收场呀!月娟紧张,张振坤更紧张,两个人急得暗暗叫苦,两颗心"怦怦"乱蹦。

老孙头"沙沙"的脚步声越来越近了。怎么办?月娟突然看到身边的草床。这草床是老孙头睡觉用的,床是木头支起来的,上面垫着草,草上盖着条大床单,床单两边都搭拉到地上,正好把床下面遮了个严严实实。情急智生,月娟急忙一拉床单,指指床底下,悄悄对张振坤说:"躲进去!"张振坤也想不出其他好办法,就一弓腰,钻进了黑咕隆咚的床底下。月娟忙把床单弄好,然后就趴在床上装睡觉。

月娟刚趴下,老孙头就敲门了,月娟装作刚睡醒的样子,开了门。老孙头走进瓜棚,说:"咋这么贪睡呀?瓜丢了你也不知道。"

月娟装着一边揉眼睛一边问:"爹,你到家了吗?我今晚给你炖了只鸡。""没到家。""那你快回家喝鸡汤呀,喝好鸡汤再来换我。""我在城里吃过了。月娟,快回家吧,这里有爹。"

月娟见爹赶自己走,心里一惊,赖着不肯走。老孙头生气了:"快走吧,天都不早了。走,走。再不走,看爹不收拾你!"

月娟为难死了:不走吧,爹的脾气犟得很;走吧,哪放得下心。她想了想,就高嗓门,一语双关地说:"好吧,那我走啦,你一人可要当心哪!"这话当然是说给床底下的张振坤听的。

老孙头鼻子一哼:"废话!"月娟又说:"夜里要当心,不要弄得扑通怪响的。"老孙头嗔道:"这丫头说哪一朝话呀?唠唠叨叨的,你当爹是三岁小孩呀?快走,快给我走!"

月娟没法子,只得走了。等月娟一走,老孙头装上旱烟袋,坐在棚门口,两眼瞪得大大的望着前方。

约莫过了一刻钟,又一个黑影往瓜棚走来。狗又"汪汪"叫着向黑影扑去,但跑到黑影跟前却不叫了,反倒围着黑影摇起尾巴来。

那黑影是谁?原来是老孙头的老相好,叫何淑贞,是个寡妇。她和老孙头从小相爱,因老孙头父母早给老孙头订了娃娃亲,两人只好分手。眼下一个是寡妇,一个是鳏夫,做起了"露水夫妻"。今天,他特地约她来瓜棚,商量他们的事来了。

这对老相好,你挨着我,我依着你,正说着悄悄话,突然,那狗又"汪、汪、汪"叫开了,接着,传来了月娟的声音。

这一下,可把瓜棚里两个人吓得同时憋住了气。老孙头心里骂道:"这个死丫头,怎么又来了?"何淑贞更是急得老脸通红:这事给月娟见了,可难为情死了!老孙头也是情急智生,一指那张大床,悄声说:"快藏到床下面去!"说着,一把把她摁进床肚里。

何淑贞刚钻进床肚里,月娟就"咚咚咚"敲开了门。老孙头忙放下床单,装着没事一样开了门,问道:"你咋又来啦?"月娟说:"爹,我怕你在城里没吃饱,就把炖的鸡热了热给你端来了,喏,我还拿来一瓶白酒。"边说边把鸡和酒放在板凳上。

"哎呀,我都吃过了,还费这事干啥。好了,放这儿吧,快回去睡觉。"

"爹呀,咱西屋家的吴奶奶要吃香瓜,你去地里给摘几个吧。"

"你自己去摘。"

"黑咕隆咚的,我摘不好。爹,还是你去吧。"

"咦,我上午不是摘了一些放家里吗?你送去就好啦。"

"那太少,太少。"

父女俩都想支走对方,不让对方发现床肚里的秘密,所以谁也不肯走出瓜棚。

这时候,月娟见支不走爹,干脆一屁股坐在床上,说:"爹,我和你谈件事。""啥事?明天谈吧。"老孙头也一屁股坐在床上,这下,两个人僵持开了。

床上两人干坐着,可苦坏了床肚里的两个人。张振坤见又有人钻进来,吓得缩在角落里,一动也不敢动。何淑贞被老孙头推进床底下后,一直蹲着,时间一长,两只脚麻酥酥的,就悄悄伸开双脚。谁知脚一伸,碰到一个肉鼓鼓的活东西,吓得她倒抽了一口凉气,一收腿,"扑通"一声,脑袋撞在床板上。

床下这一声"扑通",吓得坐在床上的两个人心里也"扑通"一跳,惊得同时跳到地上,四只眼睛惊恐地望着草床。两个人呆了一刻。月娟掩饰说:"呃,是耗子。"老孙头忙接过来说:"对,是耗子,你听,还叫呢!"

爷俩又一个东头、一个西头坐下来,老孙头又 起了中断的话头;"啥事呀?你快说。""爹,我找……找了个对象。""啊,对象?谁?""张振坤!"

"张振坤?"老孙头心中一惊:这丫头为什么偏在这个时候 张振坤?难道她已经发觉今晚的事,故意来卡我?"这——"老孙头可尴尬了。

"爹,你有什么意见?"月娟撒娇地晃着父亲的膀子。"呃——"老孙头的喉结"骨碌碌"地上下直滚,像吞了个整鸡蛋。为什么?他有苦难言哪!

月娟见爹不吱声,哎,默许啦。于是"得寸进尺"地说:"爹,你同意啦,你真是我的好爹爹。爹,振坤说了,待咱……他会像侍候亲爹一样侍候你老人家呢。"月娟说着,悄悄把手伸到床边,把被单揭了一条缝。

这一下,把老孙头吓了一跳:莫非她已发现了秘密?他怕闺女把被单一揭,冷不丁地叫一声"出来",哎唷哇,这不把床底下的女人羞死呀。他忙叹口气说:"好吧,不过,我也有件事和你商量一下。""啥? 你说吧!""唉,我一天天老了,越来越孤单,想找个老伴在身边,谈谈说说。"老孙头说着,装着不在意的样子,把身边的床单裂缝往外掖掖。

月娟清楚,爹说的老伴是谁,但一看爹把床单往外掖,心里慌了,赶紧说:"爹,我没意见。""真的? 没意见?"老孙头眼里闪着晶亮的泪花,"同意了,我闺女同意了。"他忘情地向床下人报告消息,并弯腰要掀床单。"慢!"月娟赶紧摁着爹的手,"爹,这事,我看再问一下张振坤……"她话音没落,突然从床下传来一个男人的声音:"我也同意。"

一听是男人的声音,老孙头惊得跳下床,向后一退,一脚碰翻了板凳,只听"扑通"、"砰嘭"一阵响,凳上的一盘鸡肉打翻了,酒瓶砸碎了。

月娟也急忙跳下床,拉起床单轻声说:"出来吧。"

可是,当她见从床下钻出了一个女人,惊得瞪大眼睛:咦? 怎么回事? 老孙头忙去搀起女人,心里也纳闷:刚才不是男的说话吗?

"大伯——"随着喊声,张振坤从床下钻了出来。

这会,四个人,八只眼,他望望你,你望望他,噢,大家全明白了这是怎么回事! "妈——"张振坤向女人叫了一声。啊,原来这女人就是张振坤的妈呀。

这时月娟捣着张振坤的后腰,向老孙头努着嘴,眨着眼,张振坤立刻会意,响亮地叫了声"爹——"

月娟也过去拉着何淑贞的膀子,甜甜地叫了声"妈——"

(张忠强　搜集整理)

恩　　爱

所谓爱,正是把他人的"我"认作自己的。爱就是充实了的生命,正如盛满了酒的酒杯。重要的是爱,而不是被爱。

一腔池水情

夏静是个干部,她到省城出差回来,出了车站没见丈夫来接,心里挺纳闷儿:这次和往常一样,事先拍电报了呀,以前丈夫都是　前半小时赶到车站出口攀那排铁栏杆,今天怎么不给个滋味就闹"罢工"了呢?

夏静搭公共汽车回到家,掏出钥匙一开门,嗯?门开了条缝就再也拽不动了,里面的防盗链挂着。她的脑袋"嗡"一下就大了:不好!这个时间丈夫不可能在家,准是进去坏人了!她一边抡着拳头砸门,一边扯着嗓子朝屋里喊:"是谁在屋里? 你要是再不出来,我可要叫警察了!"只听见屋里"劈里　啦"响了一阵之后,走出一个人来,摘下防盗链,打开了房门。夏静抬眼一看,愣了:出来开门的不是别人,正是自己的丈夫陆文奇。只见他光着脚丫子趿拉着拖鞋,大白天穿着件睡衣,睡衣带子不知为什么还系了个死扣。他开了门连眼皮也没抬一下,一屁股坐到了沙发上。

夏静几步到卧室门口,瞳孔立刻就放大了!原来她最要好的朋友沈春兰正坐在床上扣衣服扣子,脸上不知道是想笑啊还是想哭。夏静彻底懵了。天哪,这怎么可能呢?丈夫和自己生活快十年了,恩恩爱爱,从没红过脸;自己和沈春兰就更不用说了,那是从小光屁股一块长大的朋友,两人好得穿一条裤子都嫌裤腿儿肥,婚姻大事还是沈春兰最后给拍的板啊!再说,丈夫从来是有名的耗子胆儿,和女人一说话脸能红到脚趾头,今天他吃了豹子胆啦?

这时沈春兰走出了卧室,吭哧了半天才憋出一句话来:"小静,实在对不起你,原谅我吧。"说完,一扭头走了。

夏静想了想,过去关好门,然后慢慢走到丈夫面前。"文奇,你没接到我的电报吗?""接到了。""那么你是故意让我看到这个场面了?""可以这样理解。你现在必须接受这样一个现实,我的心里已经没有了你的位置,咱们还是好聚好散吧。"

妻子两眼一动不动地盯着丈夫足足有两分钟,然后踉踉跄跄地走出了家门。

夏静一走就是三天。

第四天早晨,夏静回来了。她对丈夫说,这几天自己平心静气地想过了,事情既然已经到了这个地步,分手就分手吧,强拧的瓜不甜嘛!不过,一日夫妻还百日恩呢,十年的感情该多深哪!再说现在都什么年代了,人家外国有设宴离婚的,有旅游离婚的,有跳伞离婚的,咱们也浪漫一回,今天到飞之水库痛痛快快地玩它一天,然后明天就正式办理离婚手续。

对妻子的 议,丈夫没有反对的意见,他们立刻收拾东西。在就要出发的时候,丈夫看到妻子拎出一个装得鼓鼓囊囊的大旅行袋,觉得挺奇怪:"干什么带这么多东西?""两个大活人,还能不吃不喝吗?"他又看到妻子的自行车货架子上夹着个打气筒,"咱这离水库就十来里地,还带这东西干什么?"妻子微微一笑,没言语。

这是个星期天,到水库来玩的人真不少,有划船的,有游泳的,有钓鱼的,还有躺在大坝上晒太阳的。小两口儿找了块空地,放好自行车,妻子从那个大旅行袋里拿出块塑料布铺在草地上,接着又打开几个罐头,拧开一瓶好酒,把两个二两二的小瓷杯倒满,然后把其中的一杯递给丈夫。"平时我老不让你多喝,以后再想看你喝酒也看不着了,今天你就敞开量多喝几杯吧。"说完,她自己"吱溜"一声就喝下去大半杯。丈夫急忙握住了妻子的手:"不要命啦!你平时看见酒瓶子脸都红,今天这是怎么了?"妻子没有推开丈夫的手,老老实实地让他握着。"我不像你那么馋,不过喝个一星半点儿也没事。今天咱们开放搞活,你也别欺负我,我喝一杯你喝两杯,包产到户。"

等小两口儿喝得脸也红了,身子也热了,妻子从旅行袋里拿出条游泳短裤递给丈夫,然后又拿出件女式游泳衣。"这都是新买的,快换上,咱们下水去'扑腾扑腾'。"丈夫吓了一跳:"不行,咱俩都不会游泳啊!"妻子没有搭腔,从旅行袋里拽出了汽车内胎,然后把打气筒递给丈夫:"有了这土造气垫船,咱们能横渡太平洋。"丈夫还是不敢下水。妻子眼圈一下红了:"十来年了,你说东我从来不往西,现在眼看要分手了,我就求你这么一件事,你还不答应。"说着眼泪下来了。男人最受不了这个,到这个分儿上,那水库就是油锅也得下呀!

陆文奇先把打足了气的汽车内胎拎到腰上,咬着牙瞪着眼下水,等水没过大腿他就站住了:"我看咱们别再往里去了,就在这儿'扑腾'吧。"这时,妻子脸上是阴转晴了:"大老爷们,别给咱当领导的丢人好不好?你属泥鳅鱼的呀?就愿意在岸边搅混水啊?"女人这句话,就把丈夫的自尊心激上来了。他两腿一收一蹬地忙乎开了,就这样,小两口儿抓住救生圈,摇摇晃晃地往水库里漂去了。

陆文奇起初确实打心眼里害怕,可是后来看到漂得挺稳当,喝过酒后进到水里凉丝丝的也挺好受,再加上两口子头一次这样的姿势在这样的环境里紧紧抱在一起,确实挺罗曼蒂克!

他们漂到水库深处,这里水特别清,清得能看见鱼;这里特别静,静得妻子能听到丈夫的心跳声。他们就这么静静地抱在一起,好像一切都凝固了。还是妻子先开了口:"文奇,你说句心里话,究竟为什么要和我分手?"丈夫慢慢睁开了眼睛:"咱们还是不要破坏现在这良好感觉行不行?""不!今天我到这里来,就是想得到你的一句真话。"丈夫又闭上了眼睛:"何必呢,你走你的阳关道,我走我的独木桥,各自保重吧。"

这时妻子突然握住汽车内胎的气门嘴;从头上拔下一根头卡,把气门嘴的限气顶针按了下去,"嗞——"内胎里的气一下就被放掉了四分之一。丈夫还没等反应过来是怎么回事,就看到妻子头一次动了肝火:"咱们一起滚了快十年了,为什么就不能和我说句真话?你过去说过,我就是你的命。我也说过,为了你我可以不要命!今天你要是再不把心里话讲出来,咱们就同归于尽!"她说着手一使劲,"嗞——"又开始放气。丈夫这时也急眼了,他三下五除二抢过妻子手中的头卡,扔进了水里,接着扯开嗓子,"啊——"使劲吼了一声,然后又重重地叹了一口气,才把事情的缘由说了出来。

原来,这几个月陆文奇老觉得肝区疼痛,吃药打针都不见效,前几天他去省城出差,顺便到医科大学附属医院作了病理化验。结果值班化验员把他当作病人的家属,直接把诊断书交给了他。陆文奇接过诊断书一看,差点儿坐在地上,连十岁的小孩子都明白诊断书上这几个字是死亡的代名词啊,他彻底绝望了!

陆文奇也不知道自己是怎么回的家,怎么和妻子胡诌瞎编的,反正他已经下了决心,要自己单独度过这段可怕的时间,不牵累别人。可是怎么才能使爱妻离开自己呢,思来想去只有一条路:让她认为自己已经另有新欢,只有这样才能快刀斩乱麻。于是他找到了妻子最要好的朋友沈春兰,跪在地上流着泪求她,结果演出了那场不是十分高明的风流戏。

妻子听丈夫讲完这些,显得异常平静。说这些事她早就知道了,因为她离开家的第一天晚上,就和沈春兰躺在一个被窝里谈了个通宵,第二天她俩一起去省城,到丈夫就诊的那个医院,搞清了这原来是个特大"冤假错案"。真是大千世界无奇不有,与丈夫同时作病理化验的,还有个叫陆文齐的患者,不过人家的那个"齐",是"整齐"的"齐",不是"奇怪"的"奇"。结果丈夫拿回了别人的诊断书,其实他只不过得了轻度肝硬化。

让妻子这么一说,丈夫也想起来了,诊断书上的"陆文齐"是写的"整齐"的"齐",当时还以为是医院的笔误呢。不过他还是不太相信:世界上哪有这么巧的事,偏偏让我遇上了。妻子见丈夫半信半疑,就往岸上一指,"你要是还不相信,咱们马上上岸,有人拿着你真正的诊断书在那等着呢。"

正在这时,意外的情况发生了。可能是刚才拔限气顶针用力过猛,也可能这是个假冒伪劣产品,限气顶针回不了原位,正在慢慢泄气!救生圈渐渐变细,尽管陆文奇用大拇指死死顶住气门嘴,可是他们两个人的身体都在不断下沉。

陆文奇眼看着这个救生圈马上就要承受不了两个人的重量了,他决定把生的希望留给妻子!他一闭眼一举手,就从救生圈中间沉进了水里。也就在这同时,夏静一个"海底捞月"扯着陆文奇的头发把丈夫拽出了水面,然后"叽"一下把救生圈仍套在他身上。陆文奇抹了一把脸上的水睁眼一看,愣了:妻子离开了救生圈,一晃一晃地正在踩水!妻子一看丈夫那模样"扑哧"

一声笑了:"咱俩认识的第一天我就看出来了,你这个人什么都好,可就是脸皮薄,心眼儿窄,所以我去游泳时,从不叫你,怕伤了你的自尊心。放心吧,现在就是没有这救生圈,我也能把你带上岸去。"

救生圈里的气越来越少了,他们离岸也越来越近了。这时,陆文奇看到沈春兰和她丈夫站在岸上,沈春兰举着个小本一个劲儿地向他们招手。一定是妻子找回来的那个诊断书! 陆文奇眼睛亮了,他也情不自禁地学着妻子划起水来。

此刻,妻子心里最清楚:沈春兰手里拿的诊断书是假的,丈夫确实得了肝癌。她更明白:自己就是丈夫生活中的救生圈哪,她要护送丈夫一直到达他生命的彼岸。想到这,妻子笑着掉下了两滴眼泪……

(金　辉)

病榻二重奏

在北京西城区一幢简易楼的第六层，住着一户普通的三口之家。男的叫苏文祥，是研究所的生物学专家；女的叫丁雅茹，是出版社的编辑；他们的独生女儿娟娟今年 16 岁，长得和妈妈一样漂亮聪颖。

五十岁的苏文祥二十多年来苦心钻研一项国家重点攻关项目。他夜以继日，呕心沥血，眼看到了最后冲刺阶段，这一天却突然栽倒在实验室地上。

大家七手八脚把苏文祥抬上车直送医院。经过医生抢救，苏文祥醒了过来，他睁开眼睛，茫然四顾，突然高声叫道："天都黑了，开灯！快开灯！"研究生小王不解地说："苏老师，您怎么啦？太阳还没下山呢！""什么？"苏文祥着急了，他伸出双手，在眼前晃动，又使劲揉眼睛，但一切都无济于事，眼前仍是漆黑一片。他不由捶胸顿足地痛哭起来："我的眼睛看不见了，我二十年的心血，二十年啊……"

苏文祥的妻子丁雅茹闻讯匆匆赶来，她无论如何也接受不了丈夫失明这一事实，医生同情地说："根据我们的检查，苏教授患的是急性癔症眼盲，这是他长期劳累所致。苏教授现在情绪极差，这对他的病情是很不利的，我们希望你能长期配合医院做好工作。看来苏教授能否复明，关键在你的身上哩。"

癔症失明目前暂没有特效药，雅茹把苏文祥接回家休养。

此刻，苏文祥正为二十年的心血毁于一旦而痛不欲生，他想他的实验室，想他的学生，想他的试验，可是睁开眼，却是满世界的黑暗，现在他已经成了一个连路都不会走的人了。苏文祥越想越难受，真恨不得一头朝墙上撞去。

每当这个时候，雅茹便会出现在苏文祥的身边，轻轻地为他读报纸，讲趣闻，尽量转移他的注意力。每天临睡前，根据医生的建议，雅茹用牛角梳给丈夫梳头发，雅茹一边梳一边数着："一、二、三……"不多不少，九十九下。那声音极温柔，极甜润，像清泉一样在苏文祥心底流过，他的心舒坦了，平静了，内心也情不自禁地数起来："一、二、三……"

俗话说：心病难医。雅茹有自己的工作，不可能天天陪着丈夫；女儿要上学，也不可能时时围着爸爸转，每当苏文祥一个人呆在家里时，他的心又会像黄梅天气一样阴沉沉的。他很痛心，自己搞的那项科研眼看半途而废，要不了多久外国人就会赶上来；他又很难受，由于自己的失明，家中的大小事情都压在妻子瘦弱的肩膀上，把个妻子拖得精疲力竭。这些天，他明显地感到妻子累瘦了，说话声音都开始沙哑了，苏文祥越想越内疚，越想越悲观。

这是一个风雨天的早晨，苏文祥叫住正要上学的娟娟，说自已头昏,叫娟娟从抽屉里找一瓶盐酸氯丙嗪。娟娟为爸爸倒好水,正欲出门,又被苏文祥喊住了:"娟娟,你是妈妈的好孩子,爸爸不行了,你能代爸爸照顾好妈妈吗?"娟娟觉得奇怪:"爸爸,你怎么不行了?"苏文祥赶忙掩饰道:"爸爸的眼睛瞎了,不能干活了。噢,娟娟,你给爸爸唱首歌再走好吗,就唱那支《世上只有妈妈好》。"娟娟爽快地点点头,认真地唱了起来。一曲歌罢,苏文祥泪如泉涌,他抚摸着女儿的头,依依不舍地说:"娟娟,要迟到了,你快上学去吧,来,说'爸爸再见'!"

娟娟人进了学校,脑子里却乱哄哄的,老师上的课都没听进去,她老觉得爸爸今天早上的举动不对头。课间休息时,她忍不住赶紧给妈妈打电话。雅茹一听娟娟说苏文祥要盐酸氯丙嗪,吓得惊叫起来,撂下电话就朝家里跑。

可惜已经晚了,苏文祥已服下了大剂量的安眠药。

苏文祥很快被送进医院,经过医生抢救,终于脱离了危险。但经过这一折腾,雅茹更是雪上加霜,疲惫不堪。

当苏文祥又一次从医院回到家后,他没有听到妻子和女儿的一句埋怨,得到的是更细致周到的照顾。苏文祥自己憋不住了,问妻子:"你为什么不骂我? 不打我?"雅茹激动地说:"我不想看到战场上的逃兵! 你如果真的爱我和娟娟,那么你就应该振作起精神,去完成你的科研项目!""可是我的眼睛……""你还有健全的大脑,还有嘴巴……"娟娟在一旁也插嘴道:"是的,爸爸,我和妈妈可以做你的眼睛,做你的拐杖,你一定可以成功的!"苏文祥听到这里,脸上出现了失明后从没有过的笑意,他喃喃道:"雅茹、娟娟,我再也不干傻事了,我现在就去实验室!"

一天又一天,苏文祥在他助手研究生小王的帮助下,又精神抖擞地继续原已中断的科研项目研究。

这天临睡前,雅茹又为苏文祥梳头。"一、二、三……"突然,牛角梳失落在地上。

　　"妈妈!"娟娟从自己的卧室跑出来。苏文祥也急着问:"雅茹,你怎么了?"雅茹瞪了一眼娟娟,嗔怪道:"娟娟,干什么大惊小怪?"娟娟抢过雅茹手中的牛角梳,含着泪说:"妈妈,你歇歇吧! 你太累了! 从今儿起,我给爸爸梳头!""不。还是我来!"雅茹说,"妈妈四十多了,侍候你爸爸一天就少一天啊,让我和你爸爸多呆一会吧!"苏文祥激动得紧紧攥住妻子的手,说:"雅茹,可不能把你也拖垮了啊。"

　　雅茹好像刚刚想起一件事,她扶苏文祥坐下,边继续为他梳头,边说:"文祥,我正要告诉你,下个礼拜我要住几天医院。"苏文祥"噌"地站起身,抓住雅茹,像是生怕她飞掉似的,关切地问:"你怎么了?"雅茹轻轻掰开苏文祥的手,说:"你看你,五十岁的人了,怎么总沉不住气。我是去做扁桃体手术,顺便医生还要给我全面地做一次体检。""割扁桃体?""是啊,你也不是不知道,我扁桃体肥大,动不动就感冒发烧,医生讲老这样会影响心脏的,不如早点割掉。"苏文祥舒了一口气:"那,我陪你住院!"雅茹"噗哧"笑了:"尽说胡话! 你看不见,陪我干啥!""那,让娟娟去陪你!""算了吧! 医院有护理人员,家里还是由娟娟料理,对吧,娟娟?"娟娟哽咽着说:"妈妈,你、你放心吧!"苏文祥摇摇头:"娟娟,怎么动不动就哭鼻子抹眼泪? 多没出息!"

　　雅茹临离家前,为苏文祥准备了许多许多可口的食物。她像个老太婆似的,一遍又一遍地向苏文祥叮嘱应该注意的事。走到门口,雅茹又返回来,叫了一声:"文祥啊!"便一头扎进丈夫的怀里痛哭起来,哭得浑身乱颤。苏文祥被妻子的举动弄得有些莫名其妙,说:"雅茹,扁桃体是小手术,你别害怕,治好了回家,咱们一天也不分离!"雅茹"嗯"了一声,又一次叮嘱道:"文祥,我不在了,你可要多保重啊!""我知道! 我知道!"雅茹再次紧紧抱住丈夫,给了他一个深深的吻。

　　雅茹住进了医院,苏文祥的心也飞到了医院,他天天让娟娟去看望妈妈，天天询问雅茹的治疗和身体检查的情况。夜里，他仍旧让娟娟铺两床被，他说："这样我才睡得踏实。"

终于，娟娟说妈妈要出院了。到了下午，苏文祥早早地等候在楼梯口，竖起耳朵捕捉着楼下的脚步声，等啊，等啊，足足等了两个多小时，才听到娟娟在楼下喊："爸爸，妈妈回来了。""雅茹，"苏文祥身子朝前一倾，差点摔下楼去。他自觉失态，赶紧抓住扶手。"文祥，你好吧？""雅茹！"两双手紧紧握在一起。

两人说着话，苏文祥突然皱皱眉头，问："雅茹，怎么你嗓音都变了？"娟娟在旁边撒起娇来："看爸爸高兴得糊涂了，妈妈动了手术，嗓音能不变吗？""对，还是娟娟说得对！爸爸真是老糊涂了。"

吃过饭，苏文祥担心妻子太累，正要催她早点休息，这时，听妻子在说："怎么，每天的功课都忘啦？"苏文祥一愣："什么功课？""梳头呗！"

一股热流涌上心头，听着妻子轻轻数着："一、二、三……"苏文祥情不自禁也在心中默默念着。又是九十九下，虽然只用了两分多钟，可苏文祥感到仿佛是两个人重新合奏了一遍爱情进行曲。

苏文祥梳好头，便摸索着去铺床，这时他听见妻子朝自己走来，轻声说："文祥，我想和你商量个事。""什么事？你也累了，咱们上床说吧。""不，文祥，医生说为了你的眼睛复明，也为了我的身体，要我们暂时分开睡！"苏文祥一听急了："这是哪个医生出的傻主意，别听他的！""文祥，为了我们永久的幸福，希望你能答应我！"听着妻子不可更改的话语，苏文祥咬咬牙，下了决心："行，我听你的！"

妻子回到了苏文祥身边，苏文祥又开始安心钻研起他的科研项目。功夫不负有心人，又经过半年多艰苦的努力，苏文祥呕心沥血，为此奋斗了二十多年的科研项目终于成功了。喜讯一个接着一个,经组织上积极联系,国外一家大医院同意接收苏文祥入院治疗。

在国外的一个月,对苏文祥来说是短暂而又漫长的。一个月的治疗使他的视力渐渐开始恢复,医生讲,再过一二年,他的视力就能基本正常了。

苏文祥沉浸在巨大的幸福中,此时此刻,他刻骨铭心地想念在万念俱灰时给自己力量和勇气的雅茹,只想尽早和她分享这份喜悦。这一天终于盼到了,银白色的客机徐徐降落在北京机场。

苏文祥一出机场,就被科研所来欢迎他的同事们围住了。苏文祥一边和大家说话,一边急急寻找妻子和女儿,可是她们没来。所长告诉他,雅茹母女俩在 501 医院。"怎么,雅茹病了?什么病? 严重不严重?"苏文祥急得一个劲发问。所长平静地说:"老苏,不管遇到什么情况,你都要坚强地顶住,千万不能再犯老毛病啊……"苏文祥急得火烧火燎,没等所长把话说完,就跳上所里来接他的小车,催着司机直奔 501 医院。

车到医院,苏文祥一个箭步跳下来,直奔住院部。可是在病区走廊却被值班人员拦住:"哎哎哎,干什么?""看我妻子!""没到探视时间,不能进!""我刚从国外归来,求求你,让我进去!"值班人员撇撇嘴,说:"哼,你从月亮上回来也不行啊,这是制度。"

正在这时,只听一声"爸爸!"娟娟从里面跑出来,一下子扑到苏文祥怀里,随即痛苦又委屈地大哭起来,哭得苏文祥心里直发毛:"娟娟,你妈妈怎么样了?"娟娟愣了一下,抽泣着说:"她刚睡着。"

苏文祥一颗心落下来,他乘值班人员不留神,一个箭步冲了进去,来到 3 号病室,苏文祥脚步不由放轻了。刚才在车上,他已经得知雅茹因严重的心脏病而动了手术,他怕惊醒了雅茹。

门关着,苏文祥隔着玻璃窗望见妻子正睡着,睡得好香甜。

苏文祥心潮起伏,实在憋不住了,终于不顾一切地推开门,扑向自己的妻子:"雅茹,我的雅茹!"

苏文祥正想上去拥抱自己的妻子,蓦地,他愣住了。躺在他面前的不是丁雅茹,而是自己旧时的恋人王静!苏文祥生气了,冲着后面进来的所长问:"你们搞什么名堂? 我妻子呢?"娟娟哭着说:"爸爸,妈妈死了,她死了一年多了!"苏文祥不相信:"你胡说,你妈妈一直陪伴着我!""不是的,那是王静妈妈!"

所长走上来,拉开痛哭的娟娟,对苏文祥说:"别难为孩子了,娟娟这孩子一年来忍受了多大的痛苦啊。老苏啊,你遇到了两个伟大的女性。雅茹因患晚期肠癌,知道自己时间不多了,为了不让你精神上再受刺激,她忍着剧痛像正常人一样服侍你。后来,她又通过你的老朋友们找到了王静,当初王静因为家庭出身,组织上硬是把你们分开了,她至今仍是独身一人。雅茹向她叙说了你失明的原因,请求王静为了你的科研项目,在自己死后,假冒丁雅茹的名义,继续生活在你身边。难得的是娟娟,为了听妈妈的话,为了你,为了咱们的科研项目,在失去了妈妈后,忍着泪水,配合王静照顾你……"

苏文祥全明白了,他一把抱住女儿,激动得浑身打颤:"我的好娟娟,是爸爸拖累了你们,爸爸对不起你们!"说罢,自己早已泪珠滚滚。

王静醒了,她冲苏文祥笑了笑,轻轻说道:"你好!"苏文祥忘情地跪在她的床前,拉住她的手说:"我谢谢你了! 我、我……"王静微微笑着说:"那是历史的误会,让我们忘掉它吧。我能为我心爱的人,为我的祖国做点事而感到高兴……"娟娟扑上来,诚挚地叫道:"妈妈! 你好好养病,早点和我们一起回家吧!"

(范大宇)

诚　　　　实

谁只要以为爱情可以忘却，忠诚可以践踏，那谁就该下地狱。

淡淡幽香寄深情

　　胡永安今年三十有三,在大学期间就是一位风度翩翩的多情美男子。结婚以后,他对待异性的态度稍有收敛,但时间一长,老毛病又犯了,他越看自己的老婆黄晓芸越不中看,越看别人的老婆越耐看。渐渐地,胡永安对黄晓芸怠慢起来了。

　　这天是 2 月 14 日,按西方习俗是情人节,所有的有情人会在这一天给自己的情人寄去情人卡或情人礼物,以表爱心。以前胡永安在这方面可谓是玩爱老手,每年的情人节会寄出、同时也会收到不少情人卡。时过境迁,今年的情人节对他来说,只能是给他徒添遗憾罢了。

　　下班时,门卫叫住了他,随后递给他一封信,信封上竟有一股淡淡的幽香。对胡永安来说,这种幽香实在是太熟悉了,他心情激动地拆开一看，哇，是一张标准的情人卡：

> 永安，我心中永远的偶像：在情人节到来之际，请接受我最真挚的爱意和祝福。
>
> 默默偷爱着你的六月雪
>
> 2月14日

胡永安胸口"突突"乱跳，他一把捂住那张宝贝，往四周瞥了一眼。还好，厂门口没人，便又小心翼翼翻开，如痴如醉地再读上一遍……嗯，字是嫩了一点，但写得很认真，一笔一画端端正正，一定是个年轻的女子。瞧那个署名，六月雪——水灵灵的。

眼下最要紧的是迅速"破案"，查出这位"六月雪"究竟是何许人。不过，要绝对瞒住老婆黄晓芸！

第二天上班，胡永安只觉得特别轻松愉快。昨晚他一夜没睡，他发觉文印室的小朱最像那位"六月雪"。小朱平时最喜欢跟他聊天，言行神态中常带有小妹妹对大哥哥似的亲热和信赖，上次，甚至把恋爱不顺心的事都跟他讲了，说那个男的太俗气太缺少深度。按理，这类事姑娘是不会跟一个异性谈的，难道是一种暗示？

整个上午，胡永安在紧张的盘算中度过。下午三点，他胸有成竹地走进文印室。"你好！"胡永安满怀信心走了过去。小朱似乎早就知道他会来，一歪脑袋，也说："你好！"

"想叫你打印些东西，有空吗？""你要打印，没空也得挤出空来啊！东西呢？""在我办公室。""那好，等会儿我来拿！"胡永安一听，"等会儿"，就是说四点钟左右，那时候办公室里差不多已经没人了。小姑娘真是聪明！

四点钟，楼梯上果然响起脚步声，门帘一动，小朱走了进来。她朝四周看了一眼："就你一个？""难道你还希望有别的人在吗?"小朱一笑,在他对面坐下来。

她不　打印材料的事,也不　情人卡的事,一定是等着他先说。小姑娘嘛,毕竟面皮薄一些。胡永安清了清喉咙,略显迟疑地说:"谢谢你,小朱。""没什么。"小朱轻轻地答着,剥弄着衣襟上的一颗纽扣。

呵,这声音,这神态,还怀疑什么? 胡永安"突"地站起,伸手按住小朱的肩膀:"小朱……"没想到小朱全身一抖:"你、你这是干什么?"一边惊恐地推开他的手,一边站起来往后面退去。

胡永安有点发愣:"小朱,你、你难道……不是真的爱我?"

"看你,在说些什么呀!"小朱的眼睛瞪得像铜铃,一脸怒容地跑了出去。剩下胡永安一个人站在办公室里发呆:这是怎么回事?

在异性面前碰钉子,这还是第一回。难道自己老了,不中看了? 胡永安一连几天精神不振,又怕在大楼里碰见小朱,几乎不敢出办公室的门。

这天中午吃饭,胡永安又等到食堂快关门时才去。他选了个靠墙的位子坐下,刚要动筷,只觉身边飘来一阵香风。"小胡老师,这儿有人吗?"原来是总务处的小宋。

小宋今年二十七岁,当初局里举行青工业务培训,胡永安给他们上过课,所以小宋总是叫他"小胡老师"。小宋在胡永安对面坐下,关切地问道:"小胡老师,这几天,你好像不大高兴?""哦? 我自己怎么不知道?""嘿,你瞒不过我!"小宋说着,一对星似的大眼睛别有意味地看着他。胡永安心中一抖:莫非,她知道我的事了? 只听小宋说:"我表姐夫在邮局里工作,他说今年的情人卡特别多,用大布口袋还装不下……"

"啊,是嘛……"胡永安鼻尖上汗都出来了,"呃,这个……情人卡是那些少男少女喜爱的玩意儿,怎么,你也对这个感兴趣?""我嘛,你说呢?"小宋狡黠地看着他,"不过,我认为用这种形式表达一种朦胧的感情,的确很有意思。因为有些话,面对面是很难讲的,而且缺少诗意。"

啊,原来寄卡给我的是小宋!真正是得来全不费工夫!胡永安只觉得巨大的幸福袭遍全身。小宋似乎知道他此刻的心情,不失时机地说道:"今天是我生日,晚上我请你吃饭,你愿意去吗?"鉴于上次惨痛的教训,胡永安转攻为守,装出一脸的犹豫。小宋十分理解地说道:"没关系,我俩都是过来人了,你夫人那儿不会碍事的。就这样定了,今晚六点半,在'五味斋'二楼餐厅,来不来全由你!"小宋做了个迷人的鬼脸,起身走了。胡永安被她弄得七八倒,他自忖:自己这个情场老手,这回怎么显得这么没资没历,这真是刀不常磨要生锈,爱不常谈要落后。

经过反复考虑,胡永安还是决定去"五味斋",错过这次机会,或许一辈子都会后悔。他听人说,少妇比少女更有韵味呢。

他想先给老婆打电话,说是晚上几个朋友拖他去聚聚,可是电话那边说她不在。不在?难道她没上班?算了算了,既然她不在,那是她的事,反正他已经打过电话。他刚打算动身去理发店"修理修理",突然电话铃响丁,是医院打来的,说黄晓芸现在在新华医院急诊室。对方显得很急,说完话就把电话挂了。

嗨,她真是我的前世冤家!早不去医院,晚不去医院,偏偏在这个时候去。幸好现在才四点多一点,他决定先去医院,到时候见机行事。

新华医院急诊室门口,围着几个焦急不安的人。胡永安一眼就认出来了,那个大胡子,是老婆单位的工会主席,旁边一位胖胖的中年人,是她车间的支部书记。胡永安心里一阵紧缩:老婆究竟怎么了?

原来,下午三点半,黄晓芸突然出请一个小时假,说是有点急事。既然是急事,车间主任就同意了,谁知只过了一刻钟,就接到医院电话,说她出事了,跟运输公司的一辆卡车撞上了。

胡永安急忙问道:"现在她人怎么样?""医生正在全力抢救,情况我们也不大清楚,因为直到现在,里面的医生没出来过。"

胡永安又急又恼,急的是老婆万一有个三长两短,尤其是躺在床上半死不活的话,以后的日子可怎么过!恼的是她无缘无故的请什么假、真是没事搞出点事情来!抬头一看,咦,怎么小宋也来了?她的旁边,还有一位三十来岁的女人跟着。他心中涌起一股不可名状的感觉。

这究竟是怎么回事呢?原来那女的是小宋的表姐,跟胡永安的妻子黄晓芸是极要好的小姐妹。半个月前,黄晓芸谈起家庭生活的烦恼,说近一年来小胡跟她感情日渐淡薄,她想尽一切办法待他好都不顶用。小宋的表姐是个活泼灵巧的女子,当下替她出了个主意:在情人节的时候给小胡寄张情人卡片,小胡读过书,读书人都喜欢这玩意儿。并亲自出马为黄晓芸精心构思了情人卡贺词乃至署名。

谁知情人卡寄出以后,胡永安非但毫无反应,反而有些失魂落魄的样子。黄晓芸细细一想,更觉得不对头:莫非丈夫错把她的情人卡当作别人的,因而骨头轻起来,整天魂不附体?小宋的表姐分析了一下,认为这也不无可能,但就此推断小胡有坏心,似还证据不足。或许是他害怕妻子知道有女孩子对他好,所以故意隐瞒,不敢 情人卡的事。最后,小宋的表姐又想了个主意:她的表妹小宋跟小胡是一个单位的,听说两人平时也熟悉,不妨趁她生日的机会,把胡永安和黄晓芸请来,只是事先不让两人知道,等到碰头时再突然点明,造成一个惊喜的戏剧效果,或许能就此搬掉他们之间的感情障碍。小宋听了表姐的话,也很感兴趣,一口答应全力配合。岂知事到临头,黄晓芸会突然出事。

急救室的门开了,大伙儿急忙上前问情况。医生说现在还很难断定,要看以后八小时之内的情况发展怎样。胡永安说:

"医生,我可以进去看看吗?我是她的爱人。"医生看了看他,沉吟半晌,似乎有点为难,但终于点了点头,只说时间要短,尽量别惊动病人。

胡永安走进去,一种异样的感觉使他的脚步有点沉重。他看见妻子的脸色跟床单一样白,不由轻轻叫了两声:"晓芸,晓芸。"黄晓芸微微睁开眼睛,目光在空中漫无目标地寻找,终于转向他,不再动了。接着,从她的眼角慢慢流出两道泪水。胡永安心里一酸,自己的眼眶也潮红起来:"晓芸,你干吗没事要请假啊,现在撞成这样子!"妻子的嘴唇动了:"我想,要下雨了,你没带雨衣。我……回家……""我不带雨衣没关系的,你用不着回家呀!""我,我知道,你是不肯向……人家借的,怕烦……天冷,淋了雨,会生病的……"

"哦,晓芸!"胡永安再也忍不住,一把攥住妻子的手,泪水"刷刷"地流了下来。"别哭,"妻子说,"我不要紧的……等我好了,咱们再去看……六月雪……""六月雪?""是的,六月雪……记得,我们第一次约会,在公园里,你说我像……六月雪……那花,很美……"

他想起来了,那是他俩第一次约会,在公园里,他拥着她,在她耳边轻声说她像一朵洁白可爱的六月雪。他终于恍然大悟,抹了一把眼泪,说:"等你出院了,我们再去……看六月雪。"妻子笑了,闭上了眼睛。胡永安看见她苍白的脸上现出一种惊人的美丽,这是他以前从来不曾发现过的。他再也顾不得有护士在场,把自己的脸伏在妻子冰凉的手上,他看见妻子的眼角,泪水成串成串地滚落下来。

哦,六月雪,当他在绞尽脑汁四处寻找着她的时候,她原来就在他的身边!胡永安两串泪水顺着面颊又一次无声地流淌下来……

(张鸿昌)

浪子回头金不换

一天傍晚,狄青正在城外"立新铁匠铺"里"叮叮当当"地打马掌,从外面风风火火走进来一位秀丽俊俏的大姑娘。这姑娘是靠山庄叶老汉的小女儿叶丁香,心直口快,泼辣豪爽,人们都管她叫"野丁香"。前些日子,县文化馆组织举办秧歌会,野丁香扭来扭去,偏偏爱上了打鼓的狄铁匠。

狄青一见野丁香来了,心里特别高兴,赶紧扔下家伙解开围裙:"丁香,你怎么好几天没来啦?咱们俩的事儿,跟你爹商量了吗?""唉,别 了!我爹一听说你被判过刑,是个打架不要命的愣头青,说什么也不同意。""我现在早已改邪归正了。"

"我爹不相信,他说江山易改秉性难移,是狗改不了吃屎!""这……这可怎么办哪?""后来,我连哭带闹,假装要投河上吊,吓得爹没办法,总算勉强答应了。不过,爹说他把我拉扯这么大不容易,非得叫你拿一万块钱财礼不可!"

"啊?"狄青一听就傻了:我的爹呀!这铁匠铺开张不到半年,总共才赚了两千多块钱,你开口就要一万,这不是成心逼人吗!野丁香见他愁眉苦脸不吱声,埋怨说:"瞧你这副受罪样儿,没有钱就别搞对象!"一跺脚,赌气走了。

工夫不大,有位农村妇女来买镰刀:"同志,这镰刀多少钱一把呀?"狄青意乱心烦,脑子正琢磨财礼钱,顺嘴儿说:"一万!"那女人听了一愣," 嚓"把镰刀扔到案子上:"我说你穷疯啦?这是金打的还是银铸的呀?"狄青当时一激灵,知道自己说错了,连忙赔笑:"嘿嘿……我刚才没跟您说话,自个儿心里算账哪,这镰刀两块三毛钱,既便宜又好使唤!"说着,还热心地帮她挑选了一把。那女人接过来看了看,从怀里掏出钱包,交完钱匆忙走了。

狄青见天色不早,准备拾掇东西回家,忽然,他发现案子底下有一个绿色绣花钱包,猫腰捡起来打开一看:里面有五百元现金,一张八千元的存款单。

嗬!狄青乐得眉开眼笑,心里"怦怦"乱跳:这真是老天爷饿不死瞎眼雀儿。财神爷知道我缺钱,就打发财神奶奶赶紧给送上门来啦!想到这儿,心里不禁"扑腾"翻了个个儿:哎呀!那位大姐丢了这么多钱,回家不得急得火上房啊?狄青呀狄青,你嘴说改邪归正,怎么又想发横财呀?转念一想:如果不昧下这八千,上哪凑一万去呀……他翻来覆去寻思半天,觉得还是应该把钱还给那位妇女!

夜幕降临,窗外一片漆黑,狄青坐在铁匠铺里,肚子饿得"咕噜噜"乱叫唤,抬起胳膊看手表:差十分就到八点了,"我的大姐哟,您怎么还不来呀?"话音未落," "那位农村妇女推门闯了进来,焦急地问:"师傅,我的钱包丢了!里边有五百块钱和一张存款单!""大姐别着急,我在这儿等您半天了。"那女人接过钱包,从里面抽出来一百块钱:"大兄弟,谢谢你!这是我的一点儿心意,你拿去买条烟抽,打瓶酒喝吧!""嘻,咱们可不兴弄这个!学习雷锋见行动,拾金不昧树新风嘛。您快把钱装起来吧!""那好,这钱我先留着,等你多辰结婚,咱们再一块儿算!"她说完,出门骑上车,一拐弯就没影儿了。

狄青心里话:别净拣好听的说了,等结婚那天,我哪有工夫找您去呀!他关好窗,锁上门,推起自行车刚想走,就听远处有人高喊:"救命啊!快来人哪!"狄青大吃一惊,听声音好像是丢钱包的那个女人,他毫不犹豫,拔腿就朝呼救的方向奔去。

借着朦胧的月色,只见道边上扔着一辆自行车,"大姐!"狄青喊了几声,也没人答应。突然,他发现旁边高粱地里似乎有什么响动,急忙钻进去一看:"啊?"一个虎背熊腰的蒙面大汉把那女人摁在地上,两个人正拼命厮打。狄青蹑手蹑脚绕到背后,"嗨"左手一揪蒙面人的脖领子,""右手对着他的脸上猛揍了一拳。"哎哟!"蒙面人惨叫一声,爬起来撒腿就跑。"站住!"狄青在后边紧追不舍。"扑通"他脚下不知被什么东西绊了一下,结果把蒙面人给放跑了。

狄青拍拍身上的泥土,顺原路返回来,关心地问:"大姐,怎么样?"那女人惊魂未定,央求说,"我害怕,你送我回家,行吗?"狄青一想:救人救到底,自己就辛苦一趟吧。

两人骑上自行车,黑灯瞎火地蹬了好长时间,才到了女人住的那个村子。那女人在一幢新盖的小楼前跳下车,招呼说:"大兄弟,进屋喝口水吧!"

狄青心说:到现在我还没吃饭,你咋不说给我煮几个鸡蛋哪?他虽然心里这么想,嘴上却客气地说:"大姐,深更半夜的,我就不打扰了。"

"嘭"黑暗中突然伸过来一只大手,牢牢地抓住了他的胳膊:"小伙子呵,你给我进来吧!"

狄青扭头一看,原来是一位慈眉善目、年过花甲的老汉。"老大爷,我……"

"嗐,都到家门口了,哪能让你走哇!"

狄青确实有点筋疲力尽,又饥又渴,心想:不如就先进去歇一会儿。他放下车子,便跟着老汉进了小楼。

那老汉推开走廊里的一间房门:"请进!"狄青抬腿刚迈进门坎儿,"咔叭"老汉就在外头把门给反锁上了。

狄青仔细打量一下四周,里面是一个家用洗澡间:水磨石地面光滑平坦,周围墙壁镶嵌着白瓷砖,浴盆里放满清水冒热气,旁边挂着一套西服和一件白衬衫。狄青看罢,心中暗想:恭敬不如从命,既然人家这么热情,我还客气啥呀?他立刻脱掉衣服,"稀里哗啦"洗完澡,浑身顿时感到特别轻松。换上那套洁净笔挺的西装,愈发显得潇洒漂亮。

这时候,老汉打开房门,领他来到客厅:"小伙子呵,请坐!你叫什么名字啊?""狄青。""今年多大啦?""二十八。""搞对象了吗?""唉,不瞒您说,前些日子交了一个女朋友,我们俩本来处得很好,没想到她爹竟跟着瞎搀和!""为啥呀?""我有前科,被判过两年徒刑。""噢,那人家还能乐意?"

"大爷,您不知道,通过劳动改造,我已经脱胎换骨,重新做人了,她爹凭什么看不起我?还让闺女捎信说,管我要一万块钱彩礼。您说这不是讹人吗?"

"这个……"老汉沉吟片刻,立即打开组合柜的抽屉,从里边取出一叠厚厚的人民币,"小伙子呵,别犯愁,这一万块钱我掏啦!""哎,大爷,咱们俩素不相识,怎么能让您………""嗐,你快拿着吧!刚才大闺女都跟我说了,夸你拾金不昧,勇斗歹徒,我老汉打心眼儿里佩服!这一万块钱算啥?只当我给你的见面礼!你眼瞅扽下二十奔三十,搞个对象也不容易,就别跟我装假,快给人家送去吧!"

狄青慌忙推辞说:"大爷,您的这番好意我领情道谢,但是,这些年农村富裕了,她们家根本不缺钱,就是明天把钱送去了,他爹也不会愿意把闺女嫁给我。""嗯……那好,她爹不愿意我愿意,老汉把小闺女嫁给你!""啊?"狄青一听,简直惊呆了,连连摆手说:"哎呀,这可不行!"老汉"刷"地沉下脸说:"怎么?是嫌我们家穷?还是怕我闺女丑?究竟为什么不乐意?""大爷,您老人家千万别误会。我觉得做人得讲情义,那姑娘对我不错,我不能这山望着那山高,一只脚踩两只船哪!"说罢,狄青转身就要走。

老汉听了,心里暗挑大拇指:真是好样的啊,有志气!他手捻胡须,微然一笑,冲门外高声喊道:"小香,出来送客!""我不让他走!"野丁香"噌楞"冲进来,用身体挡住了狄青的去路。"啊?原来是你!"狄青望着自己热恋的姑娘,不禁惊喜若狂。

野丁香笑着介绍说:"这是我爹,买镰刀那个是我姐……""哎哟,还有我哪!"一位中年壮汉捂着眼睛走到野丁香跟前,"哼!为了你搞对象,我差点被打瞎了一只眼睛!"野丁香"咯儿咯儿"直笑:"他就是我姐夫!"狄青恍然大悟:"哎呀,你们是两口子啊!"

原来,这是丁香为了让全家相信狄青能改邪归正出的一个妙主意。这正是:

浪子回头金不换,狄青仗义闯三关,
丁香巧设连环计,喜结良缘到处传。

(艺 杰 洪 音)

互　　　　　重

　　真正的爱情不是靠一个男人和一个女人之间盲目的利己的情欲就可以建立起来的，它必须建立在互相了解、友谊和温存的基础上。

铁树开花

在通往桃花坞的崎岖山道上，走来一个三十五、六岁的小伙子。从他那身土里土气的打扮一眼就可以看出，他是个山里佬。小伙子名叫李铁树，他刚从信贷所买了五千元国库券回来。有人可能觉得奇怪：为啥买这么多？说起来，这李铁树是特别的忠厚老实，相媳妇几次碰壁以后，索性一横心：找啥对象！打光棍不一样过日子？还省得计划生育。于是他把辛辛苦苦积攒起来准备讨媳妇的五千元钱，统统买国库券了。

可他怎么也没想到，他这国库券一买竟买出事情来了。一路上，他发现后面有个人老跟着他，为防意外他加快了脚步，到家后，"咕嘟咕嘟"灌了三大碗凉茶，就"噔噔噔"上楼去放存单。

李铁树刚刚上楼，夹屁股走进来一个姑娘，只见她一身朴素的打扮,匀称的身材,方正的脸,肩上挎着一只胖鼓鼓的皮包。她一进门就对着墙上的奖状和照片看了起来。铁树他娘一看来了个姑娘,以为是儿子带回来的女朋友,心里十分高兴,连忙打来一盆洗脸水:"姑娘,先洗把脸。"姑娘朝老妈妈笑笑,鞠一个躬,就洗起脸来了。老妈妈又泡来了一杯茶,姑娘又是笑笑,鞠了一个躬。这么两个鞠躬,鞠得老妈妈心花怒放,嗬,这姑娘多懂道理,以后一定是个好媳妇。于是就问:"姑娘,你……"姑娘不说话,拉开皮包,从里面拿出一个纸包,递给老妈妈。老妈妈慌了手脚:"哎呀,你这是干啥?你来玩我就很高兴,还拿东西干啥……"姑娘见老妈妈不接,就将纸包解开,把包里的东西一件件摊到桌子上。老妈妈一看,咳,全是绣了花的枕头套。只见姑娘双手比比划划,嘴里还"咿哩哇啦"地嚷嚷。啊!原来是个哑巴!这可把老妈妈弄得稀里糊涂了,就急忙叫儿子下楼。

李铁树下楼一看,是个姑娘,再一看摊在桌上的那些枕头套,绣着的不是"鸳鸯戏水",就是"白头到老";不是"花好月圆",就是"天作之合"。他一见这些东西就头疼,哪里还会买呢,姑娘只得将枕头套塞进包里,向铁树做了个鬼脸,走了。可是当她走到门口时却又站住了,转身进门,拔出钢笔,摸出纸头,写道:天已不早,借宿一夜,行吗?铁树一看,咦!这哑巴姑娘还写得一手好字呀!再一想,出山十五里,人烟稀少,时近黄昏,一个姑娘单独行路确有不便,反正家里客铺现成的,也就同意了。

吃过晚饭,三个人围坐桌旁,铺开纸,拔出笔,一问一答,搞起笔谈来了。这一谈,才知道姑娘名叫张玉花,今年二十七岁,是江西人,父母双亡,也无兄弟姐妹。她十六岁时生过一场大病,因乱服江湖郎中的药成了哑巴,幸亏她自小跟妈妈学了一手刺绣的手艺,所以一直就以制作枕头套糊口度日。当问到她为啥不找个对象成家时,她笑笑,写道:男人没有一个是好的。铁树心想:好家伙!一棍子打死一大片哪!

这天晚上，老妈妈却睡不着了。她在想：这姑娘虽是哑巴，可是心灵手巧，又有文化，要是她愿意，同铁树配成一对倒也不错。可是怎么开口说呢？她左思右想，终于想出了个妙计：先收她做干女儿，到时候来个干女儿变儿媳妇。

第二天早上，老妈妈问姑娘愿不愿意做她的干女儿，姑娘当即"扑通"一下跪到老妈妈面前，磕了三个响头。乐得老妈妈急忙烧了一碗糖水汆鸡蛋，作为给干女儿的见面礼。从此，哑巴姑娘就在这里住了下来。

姑娘从不串门，也不同村里任何人交往，每天除了帮助老妈妈做点家务，就上楼躲到房间里，描图绣花或者缝制枕头套。每隔十天半个月，她就带上自己的产品出门去卖。卖得的钱，除了买回一些针线布料以外，全部交给铁树，自己分文不留。

一晃过去了三个月，一家人和睦相处，每天晚上，铁树和哑巴姑娘都要进行笔谈，越谈越亲热，越谈感情越好。老妈妈看在眼里，喜在心里，看来时机已经成熟，但为了慎重起见，她决定找铁树舅舅去商量商量。

铁树妈这天一早就出了门，直到太阳落山也没回来，一家三口突然少了一个人，似乎格外冷清。可哑巴姑娘却喜形于色，显得特别活跃，特地烧了几个好菜，还买了烧酒，要和铁树对饮。铁树本来就滴酒不碰，今天妈妈不在家，所以一口拒绝，连每天晚上进行的笔谈也取消了。他草草吃完饭，就上楼睡觉了。

半夜光景变了天，电闪雷鸣，风雨大作，铁树从梦中惊醒。突然，从对面房间里传来"哐啷啷"一声响，接着又是"啊"地一声惊叫，他急忙起来，抓起手电筒，打开房门。就在这时，只见哑巴姑娘失魂落魄地从自己的房间里奔出来，冲进了铁树的房间，"叭"一下摔倒在楼板上。铁树大吃一惊，急忙上去搀她，可怎么也搀不起来，只得俯下身来，一把将她抱起，放到自己床上。然后，他又来到对面房间里，仔细检查了一遍，除了一只茶杯打破在楼板上，毫无异样。他到自己床前一看，姑娘已睡得呼呼作响。他用被单轻轻将姑娘盖好，就坐到门边看起书来。

风停了，雨也住了，屋外一片宁静。姑娘睁开眼睛一看，只见铁树已趴在椅背上睡着了，她急忙穿好衣服，到楼下端来了酒菜，又叫醒了铁树，一定要铁树陪她喝酒压惊。铁树拗不过她，只得勉强奉陪，又经不住姑娘一次又一次的劝酒，咬咬牙，闭上眼，灌下了一大口，又一大口……不一会儿就像腾云驾雾似的连东南西北也分不清了。现在得由姑娘扶他上床了。她趁机从铁树的裤腰带上摘下了钥匙，然后不慌不忙地打开了床头那只铁箱子，从容不迫地翻看起来。看着看着，她不觉浑身肌肉收缩，额角上的汗珠"唑唑"往外冒。这时公鸡齐鸣，东方发白，她将箱子里的东西照原样放好，锁上，又将钥匙重新吊回铁树的裤腰带上，再拿被单轻轻盖到他的身上，就下楼烧早饭去了。

铁树这一觉睡得真香，一直睡到第二天中午他妈妈跟他舅舅到家才起来。哑巴姑娘得知来了客人，连忙到厨房里泡了茶，捧到堂前，哪知和这位舅舅一见面，双方都呆住了。姑娘浑身一颤抖，" 郎郎"茶杯落地，她一个转身"噔噔噔"直奔楼上自己房里去了。这时，铁树的舅舅苦笑了笑，说："你们看中的就是她呀？你们上当啦。她是什么人？是骗子！"一听这话，铁树愣住了："舅舅，你是不是看错人了？"舅舅急啦："我会看错人？告诉你，她曾经在我家里落脚过，还骗去了我五十元钱！今天碰着正好，有钱还钱，不还钱我就剥她衣服！"说着就要上楼。铁树连忙拦住他说："舅舅，你别急，她要真是骗子，用法律制裁她，她要不是骗子的话，我们欺侮一个哑巴，不是犯法吗？"舅舅火啦："你这个笨蛋！不听老人言，吃苦在眼前！"说完，头也不回地走了。

事情过去以后，铁树去问姑娘，可是她什么也不回答，照样吃饭做事，描图绣花。可是时隔两天，姑娘给铁树留下一包东西，悄悄地走掉了。铁树打开纸包一看，只见一对枕头套上放着一封信。枕头套很别致,一个上面绣着一棵树,开着鲜艳的花,还有四个字:铁树开花;另一个除绣了个边,全是空白。他又拆开信,信写得很长,开头是这样的:"铁树哥:我们从认识到今天整整一百天了。说真的,我多么想在这清净的桃花坞同你一起生活下去呀,可是我反复考虑,还是应该离开你。我走了,请原谅我不告而别。"接着,她在信上诉说了她不幸的遭遇。

原来姑娘在二十一岁时,曾和同村一个青年确定了恋爱关系,并把一个姑娘最宝贵的贞操献给了他。时隔不久,那个青年考上了师范专科学校,却把姑娘给甩了。姑娘哑巴吃黄连,有苦说不出,村子里是呆不下去了,于是一气之下到医院作了人工流产,随后就离开家乡,开始流浪。

由于一无身份证,二无介绍信,姑娘只得求爹爹、拜奶奶地到处借宿。前不久,她到一户人家求宿,现在她才知道,那就是铁树的舅舅家。舅舅留她常住,还给了她五十元钱,后来她明白了,原来舅舅有个儿子,想老婆想成了神经病,舅舅想让姑娘嫁给这个花癫病的儿子。姑娘不答应,舅舅他们竟趁姑娘熟睡的时候,将那个神经病儿子放进房间里,反扣了房门,企图强迫姑娘与神经病儿子非法成婚。这下姑娘火了,几下子将神经病儿子打倒在地,砸开窗户逃了出来。

三个多月前,姑娘在乡政府大院里看到铁树买国库券有那么多的钱,顿生邪念:人家可以骗我,我为什么不能骗人家呢?被人家骗去自认晦气,骗到手了就是运气,所以就跟踪到了铁树家里。就在那个雷雨之夜,她费尽心机把安眠药放在酒里,将铁树灌倒。但她打开箱子,看到里面一叠叠的国库券外,还有一个纸包,上面醒目地写着"哑巴妹妹的存款"几个大字,下面几月几日交多少,一笔笔记得清清楚楚。另外,除了一些零钱以外,还有好多信件。这些信不看不知道,一看她却呆住了,那都是铁树给全国好多家医院去信询问能否治哑巴所收到的回信。从这些信里,她看到了铁树那颗赤诚的心,她心头一酸,眼泪止不住"扑簌簌"地滚下了脸颊。她现在明白了:人,有坏人,也有好人,铁树就是真正的好人。她决定放弃原来的打算,跟铁树老老实实做个好人。可哪里知道,却突然蹦出来那么个舅舅,迫使她不得不离开这里。为了表示对铁树的感激,姑娘特地赶制了一对枕头套,留个纪念。至于还有一个枕头套上没绣上花,那是她特地留着的,让哪位做嫂嫂的姑娘绣上吧。

信的最后写道:铁树哥,我走了,请你别忘了曾经是那么可怜而又不争气的妹妹;也请你放心,今后我一定像你一样老老实实做人。

铁树一口气读完信,拔腿就往山外跑。他来到车站、码头,到处打听,毫无线索。他又到广播站要求广播寻人,再到文化站写了好多张寻人启事,到处张贴。他东奔西走,跑了整整两天,连姑娘的影子也找不到。他失望了,只得拖着疲乏的身子回家。翻过百步岗,绕过响水湾,来到碧波潭边,刚要趴下去喝水,发现水里映出了一个姑娘的身影。他猛一回头,不觉大吃一惊,山腰里那块大石头上,正坐着哑巴姑娘。铁树忘了疲劳,不顾荆棘,奔上山坡,一把抱住姑娘,说:"你怎么在这里? 我找得你好苦啊!"姑娘一见铁树,竟伤心地大哭起来。铁树忙说:"别哭啦,我们回去吧。"他这一说,姑娘"叭"地跪到他面前,失声叫道:"铁树哥,你,你原谅我吧! 我为了骗取人们的同情,装了两年哑巴啦!"哑巴姑娘说了话,铁树心里乐开了花,他一把拉起姑娘回了家。

第二天,姑娘又绣起花来了,她在那个空白的枕头套上绣了一个姑娘,还有四个字。把两个枕头套合在一起,就是:铁树开花,哑巴说话。

(吴文昶)

和平竞争

　　戚林柏是市第二医院的外科主任医师,医术好,医德高,尤其擅长脑肿瘤切除手术,救了很多人的命,号称"神刀戚",很受人敬重。但他妻子施琳并不感到自豪,因为戚林柏常常一进手术室就没有了时间,有时深更半夜刚回到家躺下,就又被医院派来的车接去做手术了。因此里里外外的家务事全靠小施一个人操劳,加上夫妻俩结婚十多年,施琳还没有怀上一个孩子,所以感到寂寞,又感到十分委屈,时常和他闹矛盾。

　　这几天,戚林柏身体不适,怕增添施琳的麻烦,推说医院病人多,准备到医院宿舍住几天,施琳听了也不反对。可谁知戚林柏刚走一天,施琳就收到父亲从西安打来的加急电报,说母亲患脑肿瘤病危,速请女婿到西安会诊。施琳急得团团转,当即去医院找戚林柏商量,不想医院说戚医生这几天没来上班,并给了她一个电话号码,让她打电话去找。施琳心中顿生怀疑:为什么戚林柏不对自己说实话?一怒之下,她拎起电话,拨通了这个号码。接电话的是个娇滴滴的声音:"喂,你找谁?"施琳一听就上火了:"我找戚林柏!"谁知对方也不示弱,说了声:"他刚睡下!""　"的一声就把电话搁断了。施琳气得浑身发抖,又没有办法,只得借了一本电话簿,按照电话号码查地址。找了一个多小时,才知道这个电话是私人住家电话,在零陵路十三号。

当她匆匆赶到零陵路十三号的时候,正好那幢两层楼花园洋房的小铁门自动开了,她赶紧躲进一家商店。只见铁门里走出一男一女,男的正是戚林柏,女的看上去还是个小姑娘,高挑个,大眼睛,一头披肩秀发。施琳真想冲过去,但理智告诉她,至少她现在是来迟了一步,没有抓到他俩进一步的证据。

原来这个小第三者名叫陆妮妮,是医大到二院来见习的学生,她对戚林柏丰富的临床经验和正直的为人佩服得五体投地,当她得知戚老师的家庭并不和谐的时候,异想天开地竟想取而代之。这天,陆妮妮终于鼓起勇气,向戚林柏表明了心迹。

戚林柏一点没有思想准备,半天才回过神来,神情严肃地说:"我是有妻子的人,你这是自作多情。"话虽这么说,可当他回家睡到床上以后,却失眠了:陆妮妮那雨打梨花似的脸蛋,久久地萦绕在他的脑海之中,他为姑娘真挚的感情所打动,他的事业确实需要这样的伴侣,可是……他没有再想下去。

第二天,他想同陆妮妮谈一谈,引导她从爱的漩涡里解脱出来,正确对待事业,正确对待生活。但是他左等右等,不见陆妮妮来上班。等到第三天,戚林柏急了,他深怕姑娘受不住这个打击,有个三长两短,所以他决定进行一次家访,希望陆妮妮的父母同他一起做她的思想工作。

这天晚上,戚林柏来到陆妮妮家,奇怪的是陆妮妮像没事人一样把他引进自己的卧室。卧室摆设很简单,显眼的是橱上有一只电动的人体模型。戚林柏一进房间就沉不住气了,他连声问:"妮妮,你的父母呢?"他哪里知道,陆妮妮这几天不去上班,是一次大胆的试探,她想,只要戚林柏能来看望她,就说明她向老师求爱有了转机。现在她见老师来了,不由给戚林柏一个鬼脸,说:"老师,你来得真不巧,我妈妈刚刚接到军区电报,去海岛探望爸爸了。怎么样,你想处罚我?那就宣布吧!""别胡说,妮妮。"戚林柏诚恳地说,"我来,只想真心对你讲一句,以后不要再有非分之想了。""非分之想?"陆妮妮放声大笑,"医院里哪个不知道你同师母的感情已经是头发丝吊元宝——只差吹口气了。""你……"戚林柏目瞪口呆," "失手打了陆妮妮一记耳光。陆妮妮一下愣住了,忽然她从床边橱里摸出一把小刀,对准自己的胸口说:"戚老师,我的心既然向你敞开,就不会再收回去,我决不会做出那种轻薄下流的举动来勾引你,我只是想同你那个不称职的师母和平竞争。至于到头来你选中谁,那是你的自由,但是今晚你若连这点起码的条件都不能答应,那我只有把这清白之身带到天上去了。"

戚林柏吓坏了,他急步上前夺下她手中的刀,激动地说:"我可以答应你和平竞争,但是你可知道我患了肝炎,我怕等不到你们和平竞争完就会去见上帝。"奇怪的是陆妮妮并没有露出惊讶之色,她平静地说:"戚老师,正因为我已经知道了你的这个秘密,那就只有我才能服侍你,治好你的病。"戚林柏感动得无话可说,最后他答应暂且在陆妮妮家休养几天,也可以让施琳少操点心。不想施琳今天追踪上门,拆穿西洋镜。

一阵秋风吹来,施琳见戚林柏和小姑娘匆匆说了几句话后就走了,小姑娘缩了缩脖颈,向对面的"甜爱"饭店走去。施琳抬手看看手表,中午十二时正,她心里一个闪念,压着怒火跟了进去……

　　施琳来到陆妮妮身边,问:"您对面位子没人吧?"妮妮摇摇头。服务员把她俩当成了姐妹,殷勤地送上两套餐具,施琳忙从口袋里摸出一包餐巾纸,从中抽出一张递给陆妮妮。陆妮妮被她友善的态度打动了,说道:"谢谢您,大姐。您贵姓?""喔,我姓伍,叫珊珊。"施琳机智地改名换了姓。"珊珊姐,我叫陆妮妮,你这是经常出来吃饭吗?""不,只有当我与爱人闹翻后感到孤独的时候,我才想到用酒来麻痹痛苦。""呀,这么说,姐姐与我同病相怜了。"陆妮妮兴奋起来。服务员询问上什么菜,妮妮点了一桌子菜,盛情地想请一请这位珊珊姐。可施琳的心在淌血,不过她仍旧佯装着说:"妮妮,姐姐怎好意思让妹妹掏腰包呢。"

　　陆妮妮眼睛笑成一条缝,调皮地从皮夹子里挟出两张名片递给她。施琳看了名片大吃一惊,一张是陆妮妮外公的,他是印度尼西亚著名的橡胶大王;一张是陆妮妮父亲的,某军区副司令员。施琳想:完了,怪不得戚林柏变了心,原来这个负心汉找到了一个门第、财富、工作、容貌、年纪都不知比我优越多少倍的可心人了。幸好陆妮妮并没有察觉施琳在瞬间的心理变化,她点完菜,抢着付了钱,缠着施琳一定要她讲出与情人的隐秘。施琳感到这个小冤家又可爱又可恨,她胡编说:"我爱上了一位有妇之夫,刚才我们在家里幽会,他怕他妻子发觉,所以匆匆走了。我想这样下去,我们何时才能成为长久夫妻呢?"

　　陆妮妮果然中了圈套,同情地说:"姐姐,别伤心,我也同你一样,不过我比你坚强,我已经下了决心,同他的妻子和平竞争,我相信最后的胜利一定属于我!"施琳吓了一跳,她不知道和平竞争是怎么回事。陆妮妮转动着眼珠对施琳说:"投其所好,迎其所爱,这就是秘诀。譬如他赞美过我穿绿色的连衣裙美,着蓝白相间的坡跟鞋漂亮,我经常用这身打扮去迎接他。有一次,他同我谈起部队里有两样菜很好吃,我就赶紧向父亲讨教这两样菜的烹调方法,如今我做的'潜水鸡'、'云中飞',他吃一次赞一次。珊珊姐,你想想,我这样持之以恒地做下去,还愁得不到他?""你的话也许有些道理。"施琳这才恍然大悟,"不过你是否想到,万一你的和平竞争被你师母知道了,会是怎样的结局呢?"

"哈,怎么可能呢,世界上最好的男人,总是找上那些蠢笨的女人的。"陆妮妮得意洋洋,气得施琳手脚冰冷,心里说:"小骗子,你等着瞧。"

临分手,陆妮妮热情地把电话号码和地址留给了施琳,希望施琳经常上她家去玩,施琳点点头。

出了饭店,施琳的心像打翻了的五味瓶,甜酸苦辣。甜的是她丈夫对爱情忠贞不贰;酸的是丈夫患了肝炎,她还麻木不仁,没有尽到妻子应尽的责任;苦的是她有这样的好丈夫,竟然身在福中不知福;辣的是陆妮妮对丈夫的爱情已经到了发痴的地步。她将怎样赢得这场和平竞争的胜利呢?施琳一边想一边走,回到家里的时候,她意外地发现了戚林柏留给她的一张条子:我已知道岳母病危的消息,马上乘飞机去西安协同抢救,望安心等待。你的林柏。

施琳看罢条子放声大哭,因为她知道戚林柏是带着重病去救她的母亲的,她除了暗暗向上帝忏悔以外,没有别的办法。

大约过了十五天,奇迹出现了,戚林柏的神刀使岳母脱离了危险期,自己也平安地回来了。施琳喜出望外。这天晚上,她忽然对戚林柏说:"林柏,明天是你的四十大寿,你早点回来,我想明天给你庆祝庆祝,好吗?"结婚十多年来,戚林柏还是第一次见施琳对他这样关心,他激动地点了点头。第二天下午,正好医院有空,他高兴地　前回家了。回到家没找到施琳,只见房间里窗明几净,床边橱上显眼地放着一只电动人体模型,与陆妮妮家中的一模一样,他称赞过它逼真灵巧,有医学研究价值,可怎么自己家里也有一只?又见桌子上放着十几只佳肴,其中最惹眼也最催人食欲的居然是潜水鸡和云中飞。他想,施琳是从哪里学来的呢？因为这两只菜在普通家庭中是很少见的。潜水鸡是海军炊事员为了促进晕船水兵的食欲，经多次调配制作出来的；云中飞则是空中飞行员的营养菜。所以两种佳肴虽然各不相同，但它们的作用是一样的，那就是营养丰富，其味无穷。

戚林柏正在疑惑不解，忽然传来"吃吃"的笑声，转过身去，只见身穿绿色连衣裙，脚着蓝白相间坡跟鞋的施琳，亭亭玉立地在向他微笑。"林柏，你来得正是时候，我把饭菜都预备好了，只是我们还要等一位客人到了才能进餐。"谁？"戚林柏睁大了眼睛，警觉地问。"别着急，是我新认识的一个妹妹。"施琳诡秘地一笑。这时门外响起了敲门声，施琳过去开门。戚林柏一见来人，不由得愣住了。

门外进来的客人不是别人，正是陆妮妮。戚林柏心想：完了，施琳一定什么都知道了，所以赶在自己生日这天摊牌！

聪明的姑娘一见屋内的人和景，就马上察觉大事不好。她拔脚想走，但是被施琳大方而又热情地挽留住了，她请这位小第三者坐到沙发上，又递上一杯热咖啡，然后从床上拿起一本厚厚的打印件，送到戚林柏的手里，说："林柏，在你四十大寿的时刻，我送你这件礼物，希望你喜欢。"戚林柏面色苍白，两手沁出冷汗，他害怕这是施琳准备向法院起诉的离婚书。

他颤抖着手打开一看，两颊渐渐有了红光，两手也停止了颤抖，嘴巴笑得合不拢。原来这是施琳花了一个月的业余时间，从世界各地的外文报刊中摘录下来的医学文献资料。至此，戚林柏才明白了妻子导演这出喜剧的苦心。他激动地上前一步把妻子抱在怀里，深深一吻，问："施琳，你这是干什么？""我想要你这个人！"两人紧紧地拥抱在一起。

一旁的陆妮妮看得真切，她再也控制不住自己的感情，冲出门外。她不得不承认，自己的和平竞争失败了。

（夏元寿）

尽　　责

爱情是一本永恒的书,有人只是信手拈来,浏览几个片断,有人却流连忘返,为它洒下热泪斑斑。

玉峰巧写情书

　　鄂西山区有座风景如画的凤鸣山,凤鸣山脚下有个美丽富饶的香溪村,香溪村里有对幸福的年轻人儿。

　　男的名叫赵玉峰,是香溪村唯一的文化人。小伙子不光有才华,而且有志气,前年从省城机械学院毕业,不恋都市恋故乡,回凤鸣镇在机械厂当了个厂长,不到一年,就使濒临破产的小厂起死回生。

　　再说女的,光听名字就漂亮,唤作刘巧云。香溪村方圆十里的小伙子,哪个不知巧云姑娘手比织女巧,貌胜西施娇。

　　玉峰与巧云是邻居,从小青梅竹马、两小无猜,去年国庆节两人登记结了婚,小日子过得可真是蜜里搁白糖——甜丝丝。

　　可千好万好,美中不足有一条:巧云姑娘斗大的字不识一箩筐！这本不怨她，山里人文化教育落后，素来又重男轻女，巧云哪曾有迈进学堂门的机会。

可玉峰要改变妻子目前的面貌，决心要尽一个丈夫的责任，帮助妻子学会读书识字，让她享受一个新时代知识女性的欢乐。

一天，玉峰对妻子说："云妹，你小时候不是特别想读书吗？现在我就教你读书好不好？国家正在改革开放，咱山里人再也不能像祖辈那样一辈子足不出户了，咱们也需要读书识字，用科学知识武装头脑，摆脱世代的愚昧与落后！云妹，你作为我的妻子，就带个头吧！"

一番话把巧云闹了个满头雾水，她瞪着困惑的双眼说道："峰哥，你又拿我开心！妹子小时候要念书，还不是想和你天天在一起！你瞧我现在都二十多了，早过了读书的好光景，再说田里、屋里的活我还忙不过来，哪来的那份闲工夫读书？"

玉峰不理会这些，第二天下班回来，他就拿了小学一、二年级的语文课本，兴冲冲地对妻子说："云妹，你快瞧，课本我都托人弄来了。以后田里的活我跟爹娘说让你少干点，每天抽出一两个钟点来学习。有一年的时间你就可以自己看书了。那会儿再不让你看书，恐怕你还会不依哩！"

巧云嫣然一笑，接过书，随便翻看了几页插画，便放下了。她瞅着玉峰说："峰哥，我这辈子只要有你就行了，干吗还要念书？"

这么一说，还真把赵玉峰闹得没招了。

又过了一些日子。一天早晨，巧云正洗衣服，忽然发现丈夫的西装口袋里有封信，白净素雅的信封上用娟秀的字体写着地址，还散发出一股沁人心脾的芳香，这是女人用的香水的气味！巧云的心猛地一颤：难道玉峰会骗我？难道他见我不识字便瞧不起我，和另一个女人偷偷地好上了？

她把信纸抽出来，横看竖看看了好半天，却不知道信里写的什么,她哭了,第一次感受到不识字的痛苦。

她想:这肯定是一封情书! 说不定这封情书会使她失去心爱的人!

她忽然想起最近丈夫变得爱打扮起来,他每天早晨把头梳得溜溜光,脸上还要搽些雪花膏,前天还买了一条漂亮的领带呢!

巧云越想越心疑,越疑就越伤心,她对着信,却弄不明白其中的究竟! 她又怕出乖丢丑,不好意思求别人看信。她想了一会,把信藏好,做好晚饭,等着丈夫归来。

玉峰下班回家了,巧云却一字不　情书的事,仿佛根本就没那回事似的,和往常一样有说有笑。

到了晚上,她和丈夫说笑一阵子后,装出一副突然回心转意的样子,说:"峰哥,你教妹子识字吧,我现在真想学点文化了!"

玉峰一听,高兴得搂着妻子转了一圈,然后才说:"太好了,云妹,你终于想通了! 我们今天就开始吧!"

从此,巧云每天专心致志地看书识字,烧饭时看书,下地头锄草也带着书。

三个月过去了,巧云已经学完了那两本课本,她要玉峰尽快把三、四、五年级的课本找回来。

玉峰不相信她学得这么快,忍不住考了她几个字,谁知她竟对答如流! 玉峰笑了:"云妹,人家两年的书你三个月就学完了,可真行啊!"

巧云心里说:哼,你别挖苦人! 等过几天,我把那三本书也念会了,看懂了那狐狸精写的情书,抓住了你们的证据,那时候,看你还得意不!

又是三个月过去了,巧云不仅念完了小学课本,而且还学会了查字典。

这天早晨,玉峰上班去了,巧云关上房门,取出那封情书,开

始读起来,遇到不识的字便求助字典。读着读着,巧云的眼泪下来了,她哭了! 只见信上这样写道:

亲爱的云妹:

那天我要教你读书,可你却不愿意,这使我十分失望和伤心。不得已,我才想出这样一个办法来,希望能够激发你的自尊心,使你自觉地要求学习。

相信你在读懂这封信后,能够体谅我的一片苦心,能原谅我!

永远爱你的玉峰

(彭传凯)

阿楞计报情仇

伟力弹簧厂有一个非常漂亮的男青年,是一个甩锄头的打铁匠。常言说,金无足赤,人无完人。这样美貌的一个男子汉,身上却有个小零件没长好。哪一件?舌头比别人短了一截,说起话来楞嘴楞舌,车间里大家都叫他阿楞。

阿楞已二十九岁了,就因为这截短舌头,至今还是光棍一个。母亲催,亲友急,他自己心里也有些着慌了,于是经常到电影院门口等退票,一来看看电影散散心,二来,碰碰运气想遇上个好姑娘。

这天,坐落在火车站附近的山西电影院,正在放映《夜半歌声》,电影院门口等退票的人好像八月十五的潮水,涌来涌去。阿楞正为等不到退票而苦恼,突然从他背后钻出一个姑娘,对他说："同志,我有一个很重的旅行包,放在对马路,我想看电影,又拎不动包,请您帮个忙,把我旅行包送到火车站附近的小件行李寄存处。行吗?"

阿楞向来为人憨厚、热情,他二话不说,走到马路对面,拎起那个旅行包就走。姑娘见了,暗吃一惊,原来那个旅行包里放的全是铁团团,有二百多斤,他拎了这么重的东西,疾步如飞,真是力大如牛啊! 当阿楞将旅行包送到小件行李处寄存好,姑娘掏出一张电影票,递给他说:"给您,您辛苦了。"

阿楞见了电影票,心中一愣:她明明想看电影,才来求我帮忙,现在把电影票给了我,她看什么呢? 姑娘见阿楞愣着不接受,又拿出张电影票,笑笑说:"我们一起去看,好吗?"阿楞没想到姑娘会主动约他看电影,真像天上掉下个林妹妹一样,受宠若惊,嘴巴张了半天就是说不出一句话来。姑娘以为阿楞不好意思,忙将电影票往他手里一塞,说:"快开场了,走吧!"阿楞摸出五元钱,姑娘白了他一眼:"憨大,你下次请还我不就是了?"阿楞一听,心里又是一愣,没想到这姑娘和自己有缘,第一次电影还没看,第二次又预先约定了。他心里甜滋滋的,便跟着姑娘走进了电影院。

果然,电影散场,姑娘主动约他,明天要他请还她。还告诉他,自己姓洪,名字叫洪柳。

就这样,今天洪柳请阿楞,明天阿楞请洪柳,请来请去,天天不脱班。三个月下来,两个人就如胶似漆,形影不离了。

一天,洪柳和阿楞正在黄浦江外滩溜达,突然洪柳劈头劈脑地问阿楞:"阿楞,你喜欢我吗?"阿楞点点头:"喜欢。"洪柳说:"阿楞,别的姑娘找对象都有条件,我也有一个条件,就这一个条件,请你办件事,你肯出力吗?"阿楞心想:我别的能耐没有,力气有的是。他将袖子一捋,手臂上的肌肉一块块全是硬邦邦的,又挺挺胸,说:"办啥事?"洪柳见阿楞这模样,心里非常感动,眼泪禁不住流了下来,断断续续地告诉了阿楞一件伤心事。

原来一年前的一个晚上,洪柳车间的工段长兰武山借谈话为名,强奸了洪柳。第二天,洪柳去厂保卫科告状,决心上法院,谁知保卫科长反而警告她说:"兰武山的父亲是公安局副局长,法律上的事他们比你精通!"洪柳有个后母,早想撵走洪柳,腾出房间给自己亲生女儿,现在得知洪柳已经失身,便天天对她冷嘲热讽。洪柳身受侮辱,欲告无门,又得不到家中人的同情,她又悲伤又气愤!为了复仇,她想来想去,只有一个办法:找一个力大如牛的青年,只要肯为自己报仇,她就以身相许……

阿楞听说,顿时脸色铁青,额角上的青筋好像一条条蚯蚓在上面爬,他气咻咻地说:"报,报仇……"洪柳见他如此果断坚决,不禁破涕为笑,急忙从包里取出一瓶硫酸,递给阿楞:"兰武山就凭他那张奶油面孔,欺侮了我们好几个姐妹。我们打他一顿,太轻;杀了他,又太重。你把硫酸泼在他脸上……"阿楞一听,吓了一跳。最近厂里办起了法制学习班,把硫酸泼在人家脸上,这是犯法的啊!刚才那股摩拳擦掌的劲道,顿时消失。

洪柳万万没料到这个体壮如牛的人却是胆小如鼠之辈,她鼻子一酸,转身就走。阿楞追上去想拦住她,可是她头也不回,跌跌撞撞向前跑去。第二天,阿楞打电话给她,洪柳一听是阿楞的声音,一声不哼就把电话挂了。阿楞心里觉得对不起洪柳:一个女孩子肯把这种事情告诉自己,这是对自己最大的信任。自己不能为自己心爱的人分担痛苦,还算是男子汉吗?虽然这个条件苛刻点,那是事出有因啊!主意一拿定,他便来找洪柳。洪柳冷冰冰地问:"你来做啥?""硫酸给、给我,你吃了秤砣铁、铁了心,我给、给你报、报仇。"阿楞心里越是激动,楞也楞得越厉害了。

洪柳见阿楞回心转意,立刻转忧为喜,还特意陪阿楞来到厂区附近,让他认一认兰武山。两人决定在八月十五中秋晚上动手。那天,兰武山上中班。等他中班下班,在他回家必经之路阿福弄弄口动手。为了便于脱身,洪柳事先在弄口转角处放辆不上锁的自行车,好让阿楞骑车逃走。

转眼,就是中秋节了。那天晚上,阿楞特地请洪柳上他家吃晚饭,打算吃过晚饭,他俩一起出发。阿楞娘年迈多病,母子两人相依为命,全靠阿楞细心照料,今天见儿子带来一位如花似玉的姑娘,阿楞娘喜得眼睛合成一条缝,奔进奔出忙烧菜,好像毛病全好了。阿楞担心娘累垮了身子,说:"娘,我来忙,你去陪她。"

阿楞娘走出厨房,见洪柳坐在桌边,多文静,多端庄,一眼就看出是个有主见的姑娘。她挨着洪柳坐了下来,从身边摸出一只三克拉的嵌宝戒指,放在洪柳面前,说:"姑娘,你第一次上门,做娘的一点心意,你收下吧!"洪柳见了戒指摇摇头,对阿楞娘说:"我不要!"阿楞娘见她不收礼,心里又高兴又担心。高兴的是姑娘有好人品,担心的是唯恐儿子婚事不牢靠。她对洪柳说:"姑娘,我家阿楞是个心肠好、心计少的人,我已是风烛残年,管不了他的后半辈子,我把阿楞托给你了,你要多管着他点,他这个人啊,跟了好人学好样,跟了黄鼠狼学偷鸡……"

洪柳闻言,暗吃一惊,心想:我让阿楞泼硫酸,他娘也知道?洪柳抬起头,望着阿楞娘,眼神中流露出一阵惊慌。阿楞娘见洪柳抬起头,在全神贯注听她说话,与她挨得更紧了:"姑娘,关于你的遭遇,阿楞全告诉我了。娘知道,一个姑娘最伤心的事,莫过于你的遭遇。你是清白的。你过了门,既是我的媳妇,又是我的女儿。你若不嫌贬阿楞,这只戒指为娘就给你戴上了……"洪柳听到此间,忍不住"哇"地一声哭了出来,扑倒在阿楞娘的怀里:"娘——"

自从被兰武山奸污以来,洪柳欲告无门,又受尽后娘的冷嘲热讽,今天,她第一次听到这样体己知心的话。虽然她是第一次来这个家,却感到亲人的温暖。她倒在阿楞娘的怀里,听任阿楞娘把戒指戴到自己左手的无名指上。

此时,阿楞烧好了菜,一碗碗,摆了满满的一桌。他请母亲、洪柳入席,又是夹菜,又是敬酒,忙得手不停,嘴不停。可是,洪柳的心里乱极了,她根本辨不出菜是啥滋味。吃完饭,阿楞娘推托到里委会去值班,腾出房间让他们好说话。阿楞见娘一走,对洪柳说:"来,我准备好了。""什么准备好了?"阿楞撩起门帘,里面是个小间,只见那张单人床上,被子打成了铺盖卷。阿楞说:"我去报、报仇,万一坐、坐班房,你把铺、铺盖送、送来。"洪柳听到这儿,鼻子一酸,忍不住滚下两行热泪。"阿楞,今晚你别去了,我不能破坏你们的幸福家庭。你把硫酸还我,我自己去,让我同这个恶魔拚了吧!"

洪柳自己要去,阿楞怎舍得? 这时时钟已过了九点三刻,再过一刻钟兰武山就要下班。常言说,机不可失,时不再来。阿楞急忙从床底下抱出那个硫酸瓶子,拿了就走。洪柳拦在门口,阿楞一把把她推开,夺门而去。洪柳拔脚追出大门,阿楞跳上洪柳特地为他准备的自行车,"吱溜"一声,跑得无影无踪。这时洪柳急得像热锅上的蚂蚁团团转:假如阿楞将硫酸泼到兰武山身上,犯法入了牢房,这个温暖的家庭就毁在我的手中。我怎么对得起阿楞,怎么对得起吃了半世苦、好不容易抱大阿楞的老母亲呢? 她紧追慢追,朝阿福弄弄口奔去。

当她赶到阿福弄弄口时,只见兰武山正悠闲自得地回家来。洪柳见了他,真是怒从心底起,恨不得扑上去咬他几口。可是,她一回头,急得连连跺脚,原来阿楞正躲在阿福弄弄口,手中的瓶子已经掀掉了盖口。她慌忙朝兰武山喊道:"不许过来!"

兰武山听到洪柳的声音,又见四周无人,一丝淫笑爬上了嘴角,一个饿虎扑食窜到洪柳面前。正要动手动脚,说时迟那时快,阿楞一个箭步从弄巷口冲出来,高高举着硫酸瓶。洪柳一见情况紧急,不顾一切地使劲将兰武山猛地一推,兰武山立刻跌倒在地。就在这个时候,一瓶硫酸全部倾泻在洪柳身上,洪柳只感到天昏地黑,眼睛又辣又痛,脸上顿时泛起了一个又一个泡泡……

阿楞万万没料到半路里会杀出个洪柳,他赶上一步,将她扶住,问:"怎、怎么啦?"洪柳慢慢地睁开眼睛。突然,从远处传来了"突突突"巡警的摩托车声音,洪柳连忙说:"阿楞,快逃,这里有我!全是我的错啊!"摇摇晃晃从地上爬起来的兰武山,这才明白原来他俩合伙在算计自己,伸手就将洪柳和阿楞拉住。

这时,摩托车已驶近,车上跳下三位巡警,见洪柳他们三个人扭作一团,就把他们三人带进了市公安局。

市局里,办案人员首先问阿楞:"姓啥叫啥?""我叫阿楞。""阿楞?你就是阿楞?""对,我就是阿楞。""那么,这封信是你写的喽?""是我写的——"阿楞转身对洪柳说:"你有冤、冤枉,快、快说!"

原来,阿楞事先给市公安局治安处写了封信,报告中秋之夜十时许,有流氓在阿福弄弄口打群架,请公安局来捕捉。他想:只要兰武山进了公安局,洪柳就可以当面揭发他,在事实面前,兰武山不得不低头认罪。只要事实确凿,他父亲即使是公安局副局长,也鞭长莫及了。这样,既为洪柳报了仇,又为社会除了害。刚才,洪柳劝他不要来,他已经发了信,是非来不可的。

望着阿楞热情关注的眼睛,洪柳怒不可遏地揭发了兰武山奸污她的始末,兰武山吓得脸色苍白,颓丧地倒在椅子里。公安局根据兰武山承认的犯罪事实,将他拘留了。

洪柳和阿楞双双走出了公安局的大门。阿楞拿出手绢给洪柳,问她脸上痛不痛?洪柳感到奇怪,怎么硫酸没有把自己容貌毁掉?阿楞调皮地眨眨眼睛,说:"里面装的是肥、肥皂水。"

"你为什么不事先告诉我?"

"怕,怕你不和我……好。"

(黄宣林　夏元寿)

痴　　　　情

一个恋爱着的人，可比魔鬼和天使更有力量，能够做到一切。

呼噜之谜

一天,天刚蒙蒙亮,二道沟乡治保干事刘欣正美美地做着好梦,突然被一阵急促的敲门声惊醒了。他急忙一跃而起,抄起了手枪,开门就问:"什么事儿?出了什么事儿?"

敲门的是乡里值夜班的收发员小李子。他见刘欣发问,就说:"没……没啥大事儿……"可是看得出,小李子活像一个前来自首的罪犯,说话嘟嘟哝哝,目光躲躲闪闪,两只手不知往哪儿搁才好。

刘欣揉揉眼睛,心里嘀咕:他是睡糊涂了,还是跟我逗着玩?仔细看看小李子的神情,不像。便当胸给了他一拳:"到底出了什么事儿?快说!"

"你别急,刘哥……昨天夜里,我发现有个男人在叶大夫屋里睡觉。想来想去,我觉得……"

"捞干的说——是谁?"

"……呼噜王。"

"啊? 王书记? 你亲眼看见的?"

"没看见……"

"那你根据什么说是他?"刘欣一把揪住小李子的脖领子,两只大眼一瞪,"捕风捉影地瞎造乡一把手的谣,当心我……我扇你!"

小李子眨巴眨巴眼睛,慢吞吞地说:"我没看见,可我听见了——他在叶静贤的宿舍里打呼噜……"

"啊……"刘欣的手慢慢地松开了。

说起二道沟乡党委王书记的呼噜,可是个远近闻名的"呼噜王"。

王书记打呼噜的能耐,刘欣不仅小时候就有所耳闻,而且他还有亲身感受。那是刘欣从部队转业回来那年秋天,他带领基干民兵去参加修筑国防公路的工程。他们宿营野外,常常受野兽的袭击,闹得人心惶惶。中秋节那天,王书记带领家属代表进山来慰问,刘欣安顿王书记他们躺下之后,自己去查哨。他见一个放哨的小伙子怀里抱着枪,靠着大树睡着了,就走过去,刚要叫他,忽听身后有动静,回头一看,哎呀! 一头大黑瞎子已经摸到了帐篷跟前。在这紧急关头,突然帐篷里传来了像打雷般一声呼噜,把黑瞎子吓得一愣,接着又是一阵赛过春天的雷,压住开山的炮,那呼噜声既有节奏,而且又特别有穿透力,只吓得那黑瞎子往后一仰,就地打了两滚儿,爬起来掉头就跑了。于是,"呼噜王吓退黑瞎子"的故事就传开了。

眼下,刘欣听小李子说亲耳听到了呼噜声,他是相信的,可呼噜声来自女大夫叶静贤屋里,他却不敢相信。王书记是那号人? 他把手枪塞进枕头底下,一屁股坐在床上,抱头沉思起来。

九年前,王书记的爱人病死了,留下了十岁的女儿大云和才四岁的儿子二宝。两个没娘的孩子,跟着既没工夫顾家、又不会料理家务的爸爸过日子,那个遭罪劲儿就甭　了。

半年之后,经人介绍,社办企业一个叫宋玉莲的小寡妇跟王书记结了婚。结婚四七二十八天的深夜,王书记一觉醒来,发现宋玉莲围着被坐在炕上,哭成了泪人儿。王书记吃惊地一问,原来宋玉莲有心脏病,实在受不住他的呼噜。王书记听了二话没说,第二天就跟宋玉莲离了婚。

王书记和两个孩子苦度了几年,孩子渐渐大了,便由女儿料理一家三口的生活。到去年,大云考上师范,要进城念书了,麻烦就又来了。

女儿临走之前,红着脸对爸爸说:"扔下您和弟弟,我真不放心! 我看卫生院的叶姨对您挺关心的,你们能不能……"

"别胡说!"王书记打断了女儿的话,"我这呼噜是没法儿治好的,你跟二宝这么点儿年纪都得了神经衰弱……还想让我当杀人凶手哇!"

刘欣沉思到这儿,猛地觉得,做女儿的敢　那么大胆的建议,说明她发现叶大夫对她爸爸有意思。叶大夫有意思,王书记又是这种情况,两人存在着恋爱的可能。两个中年人恋爱……说不定"单刀直入",很快就进入"实际步骤"……小李子发现这事儿有可能,太有可能啦!

刘欣一拍脑袋,忽地站起身来,想跟小李子说说自己的分析、判断。可转念又一想:不妥。这两个当事人,一个是乡党委的一把手,一个是乡卫生院的业务骨干,不弄清楚就瞎推测,传出去影响多坏! 他想了想,猛地喊一声:"小李子!"

"哎……"闷头琢磨事儿的小李子,被刘欣冷丁一喊,吓了一跳。

"这件事关系到干部作风、领导威信,非同小可! 在未弄清事实真相之前,你可别跟任何人说,懂吗?""嗯!"

早晨一上班,刘欣就来到了乡卫生院。

内科诊室里,只有叶静贤一个人在屋里擦水泥地板。刘欣见这位女大夫大概有三十五六了,可看上去也就三十刚出头的样子,中等身材,圆脸儿,胖乎乎的,模样儿满过得去。刘欣想:她为什么独身到如今呢?

刘欣正想着,叶静贤发现了他:"哟,是小刘哇!怎么不进来呢?"她见刘欣愣愣地盯着自己,就放下拖把,边洗手边诧异地问:"你这是怎么了?"

"哦……可能是病了,头晕。"刘欣说着,在就诊的凳子上坐了下来。

"夹在腋下!"叶静贤动作麻利地把体温计递给他,开始给他听诊。刘欣却用一双审视的目光看着她,心里揣度着:嗯,眼圈儿发黑,眼白上有血丝,满脸倦容……明显的睡眠不足。

"没什么毛病啊!"叶静贤把听诊器挂在脖子上,看了看体温计,问刘欣:"你睡眠怎么样?"

"唔……有点失眠。"

"怪不得!给你开几片安宁——你这体格儿,睡好觉啥事没有。"

刘欣还想待会儿,来病人了,他只得接过处方,闷声不响地往外走。

"哎,小刘!"叶静贤叫住了他,"有啥心事抓空跟大姐唠唠,说不定我这个内科大夫还能治心病呢!"

刘欣一看叶静贤那沉静而甜甜的笑,心想:呀,多迷人的笑……哦,说我有心病,是我有心病,还是你有心病?刘欣没和她搭腔,径直奔大门而去。他刚走到走廊拐弯处,冷不防跟一个人撞个满怀。刘欣一看,是小李子,忙问:"咦!小李子!你风风火火的……"

"找你！刘哥,我到处找……"

"找我？什么事儿？"

小李子把刘欣拉到一个背静的角落,说:"昨晚王书记在沟北没回来!"

"什么？谁告诉你的?"

"开吉普车的铁子!铁子说,昨晚他开车和王书记从县里回来,在沟北的岔路口碰上一个背病号的农民。王书记问那农民为啥不套车送病号,农民说他们队承包之后把牲口全卖了!王书记一听急眼了,就叫铁子开车送他们,自己下了车奔沟北去了。铁子刚才才开车去接他。"

刘欣听了,心里一愣。他想:沟北离这里有三十多里地,王书记能赶回来？他忙问小李子:"你昨晚上是不是听错了?"小李子肯定地说:"没有,怎么会听错呢!"

刘欣沉思一会儿,想出个主意来,在小李子耳边嘀咕了几句。

夜里十一点多,刘欣跟小李子摸到卫生院东头的墙根边。刚一到那儿,刘欣的脑袋就"嗡"地一下变大了,只见叶静贤的宿舍里已经熄了灯,里面正响着王书记的呼噜声!

刘欣一听这声音,确定是王书记无疑,心想:王书记呀王书记,平日你在人前行得正、走得直,不少年轻人拿你作人生的楷模,你怎么在夜幕之下搞起这种名堂来了!看来你这个全县有名的好干部也……且慢,先别忙着下结论,昨晚上小李子不是也听见这呼噜声了吗？想到这儿,刘欣拽了拽小李子的衣角,悄声对他说:"你先回去,我上他家去看看!"

刘欣到了王书记家,见里面还亮着灯儿。他悄悄从窗帘缝儿往里一看,只见王书记正盘腿坐在炕上,在笨手笨脚地替二宝缝补衣服。

刘欣以为自己眼睛花了,揉了又揉,擦了又擦,看得真真切切。

天,这是咋回事儿啊!

刘欣真的失眠了,一连几天睡不着觉,吃不下饭,那件神秘的"呼噜案"死死地缠住他,害得他神不守舍,精神恍惚:莫非还有一个以前没发现的"呼噜王"? 莫不是实行改革,斗争激烈,有人想败坏王书记的名声,故意装他的呼噜? 如果是后者,叶静贤是个什么角色? 这么搞,同时也败坏她的名誉呀!

晚饭后,刘欣两手插在裤兜里,一边踱步,一边胡思乱想。突然,一个念头在脑际一闪,他立即快步来到叶静贤的宿舍。

叶静贤见是刘欣,立即站起身来:"是小刘哇! 快请坐……"

刘欣进屋,迅速扫视了屋内的角角落落。叶静贤打着哈哈,递过来一杯茶,说:"怎么? 治保干事查卫生来啦? 坐,喝水。"

刘欣接过茶杯,坐在桌旁椅子上,沉吟片刻,思谋着说:"叶大姐……调到这儿来有十几年了吧?"

"十四年。不过不是调来的,是当初县医院'请'下来的!"

"叶大姐! 我想跟你谈点事儿,有不适当的地方,请你原谅……"

"怎么了? 小刘!"叶静贤诧异地注视着刘欣,"什么事这么严肃?"

"我想问问——你对王书记的看法怎么样?"

"王书记?"叶静贤顿了一下,而后脱口说道,"好领导,好同志。"

"我的意思是……他作为一个男人——"

叶静贤的脸"腾"地一下红了。她用眼睛在刘欣那严肃、诚恳、略带稚气的脸上搜索了好一会儿,才垂下眼睑,喃喃地吐出一句:"我喜欢他……"

"如果我想知道得详细一些,你不会生气吧?"

"什么时候学会兜圈子了……我告诉你就是了!"叶静贤长

嘘一口气,慢慢地谈起了往事:

十多年前,叶静贤的双亲蒙冤而死,她被"下放改造",她曾经以整个身心热恋过的同窗男友抛弃了她。当她决定了结一生之时,是王书记开导她,救了她。于是她对王书记的感情,由感激慢慢变成了爱。王书记跟宋玉莲离婚之后,她想过嫁他,可因为自己是"黑帮子女",才极力控制着感情,一直没敢开口。

"四害"清除后,她父母的冤案平反了。当县医院要调她回去时,她辗转了一夜,第二天去征求王书记的意见。王书记对她说:"回去,理所当然;不走,我们欢迎——农村多么需要像你这样的人哪!"

叶静贤红着脸,垂着头,吞吞吐吐地问:"你是要把我留在这个乡,还是留在你的身边?"

王书记注视了她许久,看得她心都要跳出来了。谁知就在她等待那遂愿的幸福时刻的时候,王书记竟说:"我的呼噜是杀人不见血的凶器,死了一个,走了一个……我再也不能当那天天折磨妻子的丈夫了!"

叶静贤气坏了!决定走,马上走!可是……直到今天,她还在这儿……

刘欣听到这儿"哦"了一声:"原来是这样……"说着,霍然起身,"我去找王书记!"

叶静贤一把拽住了他:"你别操心了,我……已经开始了实际步骤!"

一听"实际步骤"四个字,刘欣感到特别刺耳。他觉得他所担心的那件事被证实了,禁不住痛心地喊了一声:"你别因为爱他反而害了他!"

"什么?"叶静贤像是被什么东西猛刺了一下,突然从床沿上弹了起来,"你说什么?"

刘欣自觉失口,一下愣住了。

恰在此时,二宝进来了:"叶姨!你新教我的英语单词,昨天我背出了,可今天又都忘了!"

"录音带在抽屉里,你自己再听几遍吧——我跟你刘叔出去谈点事儿!"叶静贤急着追问刘欣葫芦里卖的什么药,拉着刘欣就往外走。

两人刚刚出了房门,就听屋里响起了一阵刺耳的、可怕的响声——像雷鸣炮响,像坦克冲锋一般的呼噜声。"王书记?"刘欣惊叫了一声。

"哎呀!这孩子,把磁带弄错了……"叶静贤掉头跑进屋去,"咔嚓"一声关掉录音机,屋里立即恢复了宁静。

刘欣犹如大梦初醒,跑进屋里,话都说不成句儿了:"大姐!这、这就是夜里……你的实际步骤?""对,这就是我的实际步骤。我让大云偷偷把她爸的呼噜声录了下来,一边琢磨治疗,一边逐步适应……最近放大音量,我也能对付睡觉了!"

"哎呀,叶大姐!"刘欣一拍大腿,高声大嗓地嚷道,"听见你这屋里呼噜响,我还以为王书记……嘿嘿,嘿嘿,哈……"

"什么?……哎呀,你这个坏小子!你这个坏小子!"叶静贤羞得满面绯红,哭笑不得地捶打着刘欣。

"该打!使劲!使劲……"刘欣由衷地笑着。

二宝可闹懵了,他愣头愣脑地站在一边,看不懂这两个人玩的是什么游戏。

"哟,大姐,你先容我一会儿,我得去告诉小李子——这'呼噜'是他发现的,这些日子他都快憋出病来了……"刘欣边说边往屋外奔去……

(王国臣)

因祸得福

俗话讲:"天有不测风云,人有旦夕祸福。"有一天下班辰光,上海玻璃厂女更衣室里,姑娘们正在换衣裳,突然"乒乓"一声响,不知从哪里飞来一只玻璃杯,破窗而入,玻璃碎屑四下飞溅,只听见靠近窗口的小梅姑娘一声惨叫,立刻双手掩面,鲜血从她手指缝里"滴滴答答"往下流。姑娘们吓得高声乱叫,急忙把小梅姑娘送到医院。

本来,小梅姑娘是厂里公认的一枝花,长得非常漂亮,这次遭到飞来横祸,真是倒了大霉。厂里人人摇头叹息,都骂这个乱掷杯子的人是害人精。厂领导几次追查,没有人主动承认,最后也只好不了了之。

再说小梅姑娘伤好后从医院回到家里,平时追求她的那批小伙子们纷纷拎了水果、营养品上门探望，目的都是想献献殷勤，说说悄悄话，趁此机会取得小梅姑娘的好感，谁知上门的小伙子高高兴兴地进去，却一个个垂头丧气地出来。为啥？原来小梅姑娘本来秀丽的面容完全变了样，嘴角边有一条八脚虫的伤疤，樱桃小口变成了歪嘴巴。这一来，姑娘家顿时门庭冷落，再也没有人登门了。

小梅姑娘受到如此大的打击，心里真是痛苦万分，眼泪流啊流成河。这天，她正对着镜子怨叹的时候，门外进来一个青年人，小梅姑娘一看，认识的，这人叫李平，是厂里的杂务工，因为其貌不扬，工种又喊不响，所以姑娘们平时对他不屑一顾。现在李平走进门，将两瓶麦乳精、一袋水果轻轻放到桌子上，随后转身对着小梅鞠了一躬，一张面孔涨得通通红。小梅姑娘觉得奇怪，问："你这是做啥？"李平结结巴巴地说："小梅同志，请你原谅我，我、我就是那个闯祸坯。"小梅姑娘一听跳了起来："这是真的？""真的，那天我在打扫卫生时，看到一只破玻璃杯，想顺手抛进垃圾桶，谁知一时失手竟砸碎玻璃窗，害……害你受了伤，这些天来我坐立不安，总觉得欠了一笔债，今天我上门坦白，要打要罚都由你，只是请你原谅。""啊！原来是你干的好事！"小梅姑娘今日见冤家上门，恨得咬牙切齿，柳眉倒竖："你……你说话轻飘飘，'一时失手'一句话，可害了我一辈子，你……你赔我面孔！"小梅姑娘伤心得边哭边叫，李平站在一边畏首缩颈，响也不敢响。

小梅姑娘的父母都是忠厚长者，看到这种尴尬场面，觉得再闹下去也没意思，就好言安慰女儿："事情已经出了，他也不是故意的，而且也主动承认了错误，还是原谅他吧！"小梅姑娘伤心地流着眼泪，骂道："滚，你滚出去，我不要看到你！"看着姑娘这般痛苦的模样，李平颤抖着嘴，想说什么，却什么也没说出来。他脱下上装，挽起袖子，不声不响地拿起铅桶、拖把，里里外外地打扫起来,扫完了又帮助汰米洗菜,临走时,还给小梅姑娘留下一串话:"我家里穷,没钱赔偿你的损失,今后我要用自己的双手为你解忧排难,还清这笔'债'。"

从那天开始,李平每天下班后就到小梅家报到,炒菜烧饭,买煤饼和油盐糖酱,好似小梅家的义务保姆。时间一长,小梅的父母感动了,觉得李平手脚勤快,感情真诚,是个好小伙子,就有意招为上门女婿。小梅姑娘呢,通过这些日子和李平的接触,想想自从自己受伤后,那些过去追求过自己的人都一个个拂袖而去……看起来,挑对象还是拣老实可靠的好呀!这样一来二去的,她便和李平谈上了对象。

新婚之夜,梳妆台上一套"囍"字茶杯闪闪发光,新娘指着杯子对新郎说:"你是因祸得福,杯子为媒啊!"不料新郎摇摇头,笑着说:"小梅,你只说对了一半,杯子为媒是对的,但因祸得福不对,因为闯祸的不是我!""不是你?"新娘感到惊异,眼睛盯着新郎,心里在想:我看中你李平诚实可靠,想不到新婚第一天就赖账。这时新郎哈哈大笑,吐出了真情:"小梅啊,我进厂就暗暗地爱上了你,但是你太漂亮了,追求的人太多,我没有条件接近你,这次你遭到飞来横祸,爱你貌的人都滑脚溜了,我这才重新鼓起了勇气,我爱你的人,所以我才冒名顶替承认掷杯子的事。"新娘这时才恍然大悟:"原来你是真心爱我的多情郎,因祸得福的应该是我呀!"

(孙炳华)

暗号照旧

有个青年叫阿龙,高中毕业回乡当养猪专业户,三年下来不但造起了新楼房,还积余了一万多元钞票。有了票子和房子,阿龙开始想娘子。

这天吃过晚饭,朦朦胧胧的夜色中,阿龙在楼房宽敞的阳台上一边眺望夜景,一边想着心事。正在这时,他忽然发现河对面那排教工宿舍,有扇窗子的窗帘被人撩起,灯光下勾勒出一个漂亮姑娘的轮廓。阿龙的心"别"一跳,原来那姑娘是村小学的小刘老师。只见小刘老师打开窗,探出头,忽然又伸出手对着阿龙扬了一下,又轻轻地缩了回去,那手势优美得就像芭蕾舞演员在跳天鹅舞。阿龙心中不由得一阵狂跳,从手势上分析,小刘姑娘分明是叫他过去。但阿龙再想想,又强压住沸腾的感情:自己虽然深深爱着小刘老师,但小刘老师中师毕业,城镇户口,全民编制,而自己只是一个养猪专业户,这段婚姻怎么能成功呢?就在阿龙要打退堂鼓的时候,小刘老师又伸出手来朝他轻轻扬了一下,然后缩回身子,放下了窗帘。一时间阿龙被弄得丈二和尚摸不着脑袋,他真想一步跨过去,问个究竟。但是不行,阿龙的楼房虽然和小刘老师那排教工宿舍相距不远,可是中间隔着一条小河,要过去,得兜一个大圈子。

为了解开心头之谜,阿龙决定上门去侦察一番。他回进房间,第一次拿出一瓶古龙香水,"气气气"浑身上下喷了个够,自己也感觉到"味道好极了",这才急急忙忙出了门。

校园里静悄悄的,显得朦胧而神秘。阿龙越走近小刘老师的宿舍,越感到呼吸困难,心头乱跳。但是阿龙知道:不入虎穴,焉得虎子,要想弄清姑娘对自己到底是什么意思,就只有硬着头皮闯闺房了。阿龙鼓足勇气,干咳了两下,屈起两个手指,"笃笃笃"文雅地敲了三下门。只听小刘老师在里面问:"谁呀?""我,对河阿龙。"阿龙大胆回答。小刘老师打开门笑着说:"是阿龙来了,稀客稀客——笃笃笃,那样有节奏,我还以为是地下党接头打暗号呢!请里面坐。"

小刘老师的小房间,布置得整洁素雅,井井有条,空气里仿佛还隐隐约约散发着阵阵清香。阿龙第一次进闺房,一时间有点头昏目眩,他坐在那里,两只手插在双膝中搓上搓下,竟不知该说什么好。他本能地一抬头,见桌子上摊着一本杂志,便胡乱地翻起来,借以掩饰自己的窘态。

小刘老师给阿龙倒了杯茶,见阿龙眼光停在梳头美容的文章上,"扑哧"一笑,问:"阿龙,你也研究这个?"阿龙茫然地"啊啊"了两声,尴尬地笑了,原来他一个字也没看进去。几句话一说,气氛渐渐活跃起来,小刘老师说:"阿龙,后天我想请你给我的学生们上堂课,谈谈你的成功之路,怎么样?"

阿龙脑子不笨,心想:看来小刘老师对自己还是很看得起的,叫我上课很可能是考考我的口才和能力,顺便也想了解我的工作生活情况。于是,爽快地点头答应下来。

阿龙见天晚了,就站起身告辞,小刘老师也不勉强,拉开门说:"以后有空来玩。"阿龙巴不得小刘老师说这句话,便赶紧说:"一定,一定。我是每晚有空的,只是怕、怕你不方便,影响你。"小刘老师看见阿龙一副老实样,笑着幽默地说了一句:"没啥不方便的,暗号照旧好了。"

阿龙差不多是掩着嘴巴一路笑回去的,他脑子里翻来覆去地老是在想那四个字:暗号照旧。

第二天吃过晚饭,阿龙先洒好香水,然后就到阳台上来等小刘老师的暗号。

果然,昨天的同一时候,小刘老师又撩开窗帘,打开窗,对着他这个方向优美地扬了两下手。

阿龙不由得一阵狂喜:小刘老师啊小刘老师,想不到你那么看得起我阿龙,这事若成功的话,我阿龙做牛做马服侍你也心甘情愿。阿龙脚步轻快地下楼向小学校走去,到了小刘老师的宿舍门前,又屈起了手指。

小刘老师听到三记不轻不重、文文雅雅的敲门声,知道又是阿龙来了,连忙开门把阿龙迎了进来。

阿龙比昨晚自然得多了。他坐定后说:"小刘老师,我把明天的发言先给你讲一遍,你帮我看看哪里要改动。"说完,便把在肚子里打的草稿从头到尾讲了一遍。

小刘老师听得很认真,也很感动,她对阿龙讲的内容及结构作了一些技术性的小改动。阿龙感到小刘老师年纪轻轻,文才倒不浅,不由得更对小刘老师加深了好感。

到了告别的时候,阿龙胆子大了一些,主动对小刘老师说:"小刘老师,下次还暗号照旧吗?"小刘老师见阿龙也挺幽默的,就说:"还是暗号照旧吧!"

果然,阿龙的讲课十分成功,作为少先队辅导员的小刘老师也很高兴,她决定聘请阿龙担任少先队校外辅导员。阿龙喜得眉飞色舞,分别时,他话中有话地说:"小刘老师,以后你校内我校外,我们内外结合,一定会合作得十分愉快的!"

现在,阿龙觉得自己和小刘老师的事情已经有了七八分把握,所以这天晚上,他不等小刘老师发暗号,就直接找上门去。"笃笃笃"敲了三下门,里面的小刘老师一听就知道又是阿龙,就说:"门没有上锁,你自己进来吧。"阿龙推门进去,见小刘老师正在梳那一头漂亮的黑发,便马上停住脚步,尴尬地说:"我……你、你要休息了,我以后再来。"小刘老师说:"休息还早呐。我习惯了,吃过晚饭梳梳头。"小刘老师梳好头,从梳子上取下零星头发,走到窗前,撩开窗帘,轻轻地打开窗,手势优美地对着阿龙家楼房的方向轻轻地一扬,又一扬,扔了头发,接着缩回手,关上窗,放下窗帘,回过身来。

阿龙只感到脑袋"嗡"地一下,好像灵魂离开了躯壳,飘向无边无际的夜空。原来暗号是这么回事呀!小刘老师见阿龙忽然脸色苍白,关切地问:"阿龙,怎么,你哪儿不舒服啦?"阿龙痛苦地摇摇头,好一会,才吃力地拍拍胸口。

小刘老师叹口气,可惜呀,怎么老天总爱欺负好人,那么好一个小伙子,竟然心脏不好。

(韩仁均)

雨夜报复

　　解放初期,北方有个边城市,边城市有个歌舞剧团,歌舞剧团里有个青年女演员,名叫雪花。雪花家里只有一个年迈的母亲,母女两人相依为命。

　　雪花年轻漂亮,她的歌声像草原上的百灵鸟一样悠扬动听,她的舞姿像绵长的柳丝一样优美轻柔。她是剧团里出名的歌手和舞蹈演员,她一出场,观众便为之入迷、倾倒。

　　一个星期六的晚上,外面正淅淅沥沥地下着雨,舞台上,雪花演完最后一个节目,在暴风雨般的掌声中谢了幕。观众和其他演员都陆续地走出了剧院,雪花最后一个退场。当她走到剧院门口时,外面的雨越下越大,突然从一边走来一个身穿一套洗得发白的工作服的青年小伙子,对她说:"同志,外面正在下雨,我的伞借给你用吧!"

雪花没有防备,吓得一愣,尔后,她柳眉倒竖,杏眼圆睁,一抬手,"叭"打了那小伙子一记耳光,口中还嚷道:"无赖!真讨厌!"骂完,就头也不回地冒雨走了。

雪花匆匆走了一段路,回头看看,未见那青年追上来,心才定下来,放慢了脚步。雪花为啥见到那个青年会如此发怒?俗话说:树大招风。雪花自从出名后,遇到一些无赖青年的纠缠可多了,她见到这些人,就像见到苍蝇一样讨厌!现在,雨渐渐小了,她也冷静下来,想到刚才那个送伞给自己的青年,样子似乎很和善,态度也很诚恳,自己骂了他,还动手打了他,可他并没做出任何反应,看来他不像是坏人。她顿时觉得自己刚才太冲动、太过分了,心里反倒十分不安起来。回家后她把这件事同妈妈说了,妈妈也用同样的道理埋怨了她,并嘱咐她一旦再看到那个青年工人,要向人家赔礼道歉。

一个多月以后,已是夏天,在一次周末演出时,雪花发现在一个显眼的位置上,坐着那位曾经给自己送伞的青年工人。演出结束后,雪花卸了妆,又在剧院门口遇上了他。当他们并排走着时,雪花不好意思地说:"那次我对你的做法太过分了,是我的不对。"青年工人毫不介意地说:"那没什么,过去的事情就不要再 它了。"

从简单的交谈中,雪花知道这青年工人叫倪福根,是郊区机械厂的工人,家里还有一个母亲。他每逢周末差不多都来看歌剧,他还告诉雪花,他特别爱看雪花的舞蹈和演唱。

从这以后,每逢星期六和星期天晚上的演出,倪福根都准时到场。散场后,倪福根都要送雪花回家,虽然倪福根的话语不多,可他对歌舞却很有见解。随着时间的推移,他们的共同语言多起来了,感情也越来越深了。一天,雪花主动邀请倪福根在星期天的中午到她家去做客,倪福根犹豫了一会儿,点头答应了。

雪花回家后,和妈妈说了,妈妈很是高兴。母女俩忙了大半个上午,准备了丰盛的饭菜,就等倪福根上门了。雪花从上午十点就一次又一次地到门外去张望,可是一直等到中午十二点,却不见倪福根的人影。母女俩白忙了一天,感到十分扫兴。晚上演出时,雪花发现倪福根又坐在原来那显眼的位置上,演出结束后,雪花找到了倪福根,见面就问他为什么失约,让她和妈妈白等一天。倪福根十分抱歉地说:"真对不起,我有急事儿,耽误了约会。"雪花追问什么事,倪福根却含糊其辞,雪花　出是否再约时间到倪福根家看看,他又支支吾吾,没有答应。于是,两人不欢而散。

自从那次不愉快的分手后,接连几个星期六和星期天,雪花再也没见到倪福根来歌剧院观看演出。雪花虽说心里很生倪福根的气,然而此时倪福根已在雪花心中占据了位置,见不到倪福根,雪花总觉得好像生活中失去了什么。她决定到郊区那个工厂去找他。

这天,雪花换乘两部公共汽车,左问右寻,好不容易找到倪福根所在的这家工厂,向传达室的同志一打听,竟然回答说:"我们工厂确实有个叫倪福根的工人,但是,他暴病身亡已有半年了。"

雪花一听,惊得几乎不敢相信自己的耳朵,她连连摇头说:"前些日子我还同倪福根见过面,你们怎么能开这样的玩笑!"传达室的同志说:"姑娘,不骗你,倪福根确实死了,我们工厂也没有第二个倪福根。"这时,雪花忽然想起倪福根曾告诉过她,他的宿舍就在工厂门外,他住在二楼10号房间,于是便带着满腹狐疑的心情来到职工宿舍。这时工人们都在上班,她没有碰上任何人,便独自上了二楼。一推10号的门,门虚掩着,没上锁。她进了室内,里面有四张床和一张桌子,床和桌子上都布满了很厚的灰尘,看样子很长时间没人住了。她忽然发现桌子上有一个圆形镜子,仰面放着,她信手翻过来。哪知这一翻,惊得她差点叫出声来。只见圆镜子的背面,有一幅倪福根的墨笔画像,画像披头散发,面目可憎,瞪着一双愤怒的眼睛,张着大嘴,好像在喊什么。雪花放下镜子,呆立在那里好几分钟才回过神来。她喃喃地说:"这到底是怎么回事,难道我真的碰到鬼了?"她怀着无限怅惘和恐惧的心情,回到了家里。

回家以后,这件事儿一直在缠绕着她,她百思不解。她是个遇事喜欢追根问底的人,不相信倪福根是鬼,下决心非要找到倪福根问个水落石出不可。

在一个休息日的下午,她又去郊区机械厂找倪福根。她问了宿舍里的工人们,大家都说倪福根半年前暴病死了。雪花又问:"你们这里还有人叫倪福根的吗?"工人们摇摇头说:"没有。"

雪花还能问什么呢? 她见天色已晚,又淅淅沥沥下起雨来,就抓紧赶乘回市区的汽车。从工厂到车站要经过一片长满高大树林的地带,那树林中布满了旧坟新墓。秋风吹着树叶发出"呜呜"的吼声,脚踩在盖满树叶的小路上,发出"沙沙"的响声,雪花不由毛骨悚然。正在这时,突然从一座新坟中冲出一个披头散发、面目狰狞、张大嘴巴、手舞足蹈的黑影。那黑影声嘶力竭地高喊:"我叫倪福根,你还我的命! 你还我的命!"雪花吓得肝胆俱裂,大叫一声,昏倒在地上……

等雪花醒来,发现自己躺在床上,阳光透过明亮的窗子照进屋里,一切都显得很宁静。雪花问道:"我这是在哪里?"一个年轻的女大夫走过来告诉她:"这是机械厂的职工医院,有几名过路的工人发现你昏倒了,他们及时把你送到这里。你是受了过度的惊吓和精神刺激昏倒的,休息几天就会好的。"雪花百感交集,两手捂住脸"呜呜"哭了起来,她断断续续地把自己最近一段时期来的遭遇告诉了大夫,并请大夫帮忙,挂电话给市歌剧院领导。

歌剧院的领导很快来到医院,听了雪花的叙述,感到事情发生得太蹊跷了,于是就向市公安局报了案。

市公安局经过调查,证实倪福根确实已经得病死了近半年了。可是,现在这个倪福根又是谁呢?他为什么要用这一手来吓唬雪花呢?这件怪事成了边城市郊的传奇新闻,在机械厂,更是闹得"满城风雨"。

这一天,雪花已恢复健康,快出院了。正当她和来向她了解情况的公安人员谈话时,忽然病房门被轻轻推开,接着走进来一个身穿洗得发白的工作服的小伙子。雪花一见,顿时吓得尖声叫喊起来:"倪福根!鬼!鬼!"公安人员立刻"刷"站起身来,护住雪花,再看看进来的小伙子,眼里含着泪水,突然"扑通"一声,跪在病床前。

这下倒把雪花和公安人员闹懵了。只听那小伙子口气沉痛地说:"我叫林江,是机械厂的工人,假装倪福根的是我,装鬼吓雪花的也是我。我为什么要这么干?"林江顿了一下,便继续说了下去。

原来,倪福根酷爱歌舞,他家恰好住在歌剧院附近,他几乎每次回家都要去歌剧院观看歌舞,尤其喜欢雪花的表演,有时竟达到如醉如痴的地步,并且暗暗地对雪花从敬慕而产生了感情,这种感情竟像火焰在燃烧,使他难以抑制。他想找机会接近雪花,向她表白表白。那天下雨,他见雪花要冒雨回家,感到心疼,便鼓起勇气,上去送伞,谁知得到的竟是雪花的怒骂和耳光!倪福根被打后捂着脸,一下子好似凉水浇头冷到了心里。他木然地站在大雨中,看着雪花远远离去,失魂落魄地任凭大雨淋湿了全身,回到家里就病倒了。

林江和倪福根年龄相仿,身材相貌相似,两个人平时无话不谈,好得胜过同胞弟兄,那天,正好林江来看望倪福根,倪福根流着泪对林江说出了他心里对雪花的爱慕和遭遇。不久,倪福根爱恨交加，又不愿同医生配合，不到一个月就死了。林江为失去好友痛哭一场，从此他担负起照看倪福根老母的责任。他同情亡友，认为倪福根的死是雪花造成的，于是便想出了一套折磨、恐吓雪花的计划，为亡友出气、报仇。

可是，当他装鬼吓昏雪花而惊动公安局之后，他紧张得几夜不能安眠，他觉得自己的所作所为不仅不道德，而且也是法律所不允许的。经过激烈的思想斗争，他决定负荆请罪，听凭处理。

雪花听到这里，已泣不成声，公安人员听了也感慨万分。请示领导，并在雪花的要求下，公安人员对林江进行了一次彻底深谈，最后还是放他回厂了。

这场轰动边城市的风波很快平息了。现在，人们经常可以看到，当雪花在台上翩翩起舞时，台下前排的最当中三个位子上坐着两位老太太和一位小伙子。小伙子就是林江，两位老太太就是倪福根的老母和雪花的妈妈。

（张雨儒）

碧溪乡影影中计

　　碧溪乡有个姑娘叫影影,今年二十二岁,长得细眉凤眼,清秀白净。可是最近,影影被男朋友阿强抛弃了,气得她整天钻在被窝里嘤嘤哭泣,滴水不进。父母知道后怕她出意外,急忙去找女儿的知心朋友李丽商量,要她想办法帮助影影正确对待失恋,千万不能钻牛角尖。

　　李丽闻听此事,心头"别"一跳,因为她知道影影对阿强十分痴心,如果不讲点方法,单靠嘴皮子劝说是不奏效的。怎么办呢?她沉思良久,忽然眼前一亮,生出一计来,于是急匆匆赶到影影家中。一看,影影钻在被窝里,面容憔悴,泪痕斑斑,酷似电影中害了相思病的林黛玉。李丽走到她身边,二话没说,忽儿搂住她"格格格"大笑起来。影影被她笑得心里发怵,颤声问:"你、你笑什么?"李丽收住笑,弯腰低声说:"你看你呀,气成这副样子,怕什么,小伙子有的是,重新谈一个嘛!""啊,不,不,我坚决不找,再也不谈了。"影影神经质地从床上直跳起来。李丽伸手按她坐下,继续说:"影影,留得青山在,不怕没柴烧,世界上好男人多得很,为什么一定要捆在那棵树上呢?这样吧,我给你介绍一个,保证各方面胜过阿强,怎么样?"

这番话又刺了影影的心,只见她眼泪夺眶而出,一个劲摇着头,喃喃说道:"别,别,我知道,世界上没有人比得上阿强,除了他我谁都不嫁。"

李丽见影影钻在牛角尖里出不来,忙附在她耳旁低声说:"傻瓜,我有个妙计,保险叫你那位宝哥哥乖乖地回到你身边来。""真的?"影影一下子来了精神,但很快又沮丧起来,"不,不,要他回心转意不可能。"李丽却凑到影影耳朵边,神秘地说:"我这条妙计保险行!""到底什么妙计呀?"李丽顿了顿才说:"你先假装和他人谈恋爱。"影影听了大吃一惊:"啥?谈恋爱还能假谈吗?""当然能!"李丽不紧不慢地说,"我懂得心理学,如果你跟别人谈恋爱,阿强就会有醋意,而且,你谈得越热络,他心里越难受,最后醋性大发,一定将你夺回去。"

影影一心恋着阿强,但又无法使他回心转意,听了李丽此计,觉得似有道理,心里刚有点欢喜,又一想此事难办,不由叹气,自言自语地说:"唉,做假戏谈恋爱,谁肯当这样的角色呀?"李丽胸有成竹地说:"这不用你担心,我自有办法。不过,你一定要主动出击假戏真演,无论如何要进入角色,而且绝不能让对方察觉,你演得越真,效果越好,懂吗?"影影听后顿时来了精神,答应一定使出浑身解数,狠狠刺激一下阿强。

当天晚上,李丽果真带着一位名叫丁文的小伙子跟影影见面了。影影抬头一看,见对方长得潇洒大方,气宇不凡,可看他走进门来一副初恋约会的谨慎模样,不禁暗自好笑。不过再一想,自己马上要假扮恋人,同这位陌生的小伙子谈情说爱,不由羞赧着脸低下了头。丁文倒也大方,他掏出两张舞票,彬彬有礼地说:"影影,今晚我请你去爱之梦舞厅跳舞,乐意吗?"听对方邀自己去爱之梦跳舞,影影可乐坏了。原来她那位恋人阿强是个舞迷,几乎每天晚上都上爱之梦舞厅,这么一来,正是一个表演的极好机会,因此满口应允说:"好吧,我很喜欢跳舞,走!"

影影随着丁文来到爱之梦舞厅。一看,舞厅里彩灯闪烁,人头攒动。她顺着软席包厢看过去,只见阿强果然早早坐在那里了,身边还带着一位浓妆艳抹的年轻姑娘,顿时,一股又恨又怨的情绪从心底升起。影影暗想:好吧,你有妙龄女郎,我有奶油小生,咱们走着瞧。这时正巧一曲《华尔兹》奏响了,影影顾不了应该男士主动邀请女士的规矩,"霍"地站起身来,挽着丁文翩翩起舞,一圈、二圈、三圈……两个人配合默契,跳得洒脱自如。影影一边跳,一边带着幸灾乐祸的神情朝阿强瞟了几眼,果然,此刻阿强也正用火辣辣的目光死死盯着自己,影影更加得意了,不由精神亢奋,一股胜利的自豪感袭上心头。曲终,影影故意挽着丁文,紧靠着坐到一旁歇息,她跟他亲热地依偎着,谈笑风生,完全进入了角色。

就这样,为了刺激阿强,影影每天一下班就主动约丁文一起跳舞、溜冰、看电影、逛商店,真可谓形影不离,旁人看来,活脱脱一对如胶似漆的恋人。影影还在暗中尾随着阿强,故意让自己跟丁文亲密相处的镜头,在他眼皮底下一次次曝光。这一着果然奏效,阿强见影影如此闪电式恋爱,非常吃惊,特别每逢看到他俩的热络镜头,眼中就会闪出嫉恨的光来。

时间过得真快,一晃两个月过去了。一天傍晚,李丽急匆匆找到影影门上,喜滋滋嚷道:"影影,阿强中计了,他马上就要登门向你正式求婚。怎么样,我这个锦囊妙计还管用吧?""啊?"影影听到这个消息,不但没有高兴,反而面孔发白,一下子呆愣着说不出话来。原来,经过两个月的频繁接触,她感到现在这位男友丁文知书达理,温柔可亲,不知不觉对他产生了爱慕之情。同时,对恋人阿强印象越来越淡漠,甚至感到此人卑鄙、自私,不愿再见到他了。但是,眼下弄假成真,阿强终于经不起自己挑逗,中了李丽的圈套,并且鬼使神差上门求婚来了,这、这可怎么办呢?

一时间影影急得手足无措,她知道戏不能再演了,急忙从实招来,向李丽袒露了心迹,求她帮忙帮到底,再想一个妙计,一定要将阿强拒之门外。李丽听后秀眉紧蹙,生气地一挥手说:"影影,你不是说阿强是世界上最好的男人吗? 如今大功告成,这乃一大喜事,岂能变卦呢?"

就在这时,"笃、笃、笃"外面传来敲门声。影影急得心直往喉咙口窜,她拽住李丽不让她开门。李丽哪里肯听,用力一操推开影影,一个箭步上前将门打开。影影一下愣住了,原来门外站着的不是阿强,而是自己心中的白马王子丁文! 这时,丁文已笑盈盈跨进门来,把一束鲜花递到影影手上,柔声说:"影影,我对你早就有了爱慕之心,但见你与阿强好上了,不敢有夺人所爱之想。如今好事多磨、天遂人愿,今天有李丽做红娘,我正式向你求婚来了,愿你我永结同心,白头偕老。""啊,你?"影影听了丁文这番话,一下如坠五里雾中。半晌,她抓住李丽困惑地问:"李丽,快说说清,你到底要我演什么戏,是谁中了计啊?"

李丽笑得前俯后仰,指着影影的鼻子娇嗔道:"今天你配合我演了一出双簧戏,阿强没有中计,中计的是你。""我?"影影懵住了。"对,你要知道,人的感情是可以培养的,我见你失恋后钻牛角尖,一蹶不振,才用这一计策帮助你从失恋的自我烦恼中解脱出来。嗯,妙否?""你!"影影一下恍然大悟,羞赧地瞟了丁文一眼,一把将李丽搂住撒起娇来。

(陈桂娣)

贪　　貌

天下漂亮的皮相里往往包藏着祸心，因此谁都不可麻痹，单凭外貌、言语或友善的态度去选定情人，那是愚蠢的。

一张启事

　　县城里新开了爿私人鱼行,老板原来是个养鱼专业户,名叫郑琦,今年三十岁。说起来郑琦虽有几十万家财,只因相貌丑陋,身材矮小,至今仍是光棍一条,他的酒肉朋友们笑他这武大郎的身材,日后准生不出儿子,万贯家财早晚流到外姓人家里去。郑琦听说后气得七窍冒烟,咬着牙下了狠心,一定要娶个包生儿子的婆娘来气气他们。

　　这一天,郑记鱼行门口贴了一张征婚启事,上面写着:

　　　本行老板郑琦,男,30岁,欲觅25岁以下,身体健康,漂亮大方,初中以上文化程度的姑娘为伴。有意者先同居,怀了男孩举行婚礼,怀了女孩付给3万元青春损失补偿费。

消息顿时传遍全城,大家边看边骂:"成何体统?哼!现在的个体户,有了钱,什么歪点子都想得出。"有人干脆断言:"这种伤天害理的事,没有一个姑娘会上钩的,让他捏鼻头做梦去吧!"郑琦才不顾这些人议论呢:我出钱,管你们屁事!可是一连三天,果真没一个人踏进门,他沉不住气了。

这天晚上,郑琦无精打采地靠在沙发上,借看武打录像片想驱赶心里的烦恼,只听见"叮咚——"门铃响,便趿着拖鞋出去开门。门外站着一位姑娘,乌黑的长头发披在肩头,上身穿件粉红色宽松羊毛衫,下身着一条黑色健美裤,右肩背一只乳白色月亮包,高高的鞋跟使修长的身材更显得亭亭玉立,浑身透出一股温柔馨香的女性魅力。郑琦顿时两眼放光:"你是来应婚的?"没等姑娘回答,他就忙说:"欢迎,欢迎,请进!"话音刚落,姑娘已迈着轻盈的步履跨进屋里。郑琦看着姑娘缓缓的步子,微微扭动的腰肢,觉得她既像演员,又像时装模特儿,他完全被姑娘的气质征服了。

两人一前一后走进房间,郑琦请姑娘在沙发上坐下来,故意装得很平静地问:"不知你找我有什么事?"姑娘对郑琦瞥了一眼,突然两颊绯红低下了头,羞涩地说:"我,我是来应婚的。"郑琦禁不住一阵狂喜,他等的就是这句话。果然是"有钱能使鬼推磨"!这样超标准的漂亮姑娘,即使不能生儿子,娶到她也心满意足了。郑琦心里暗暗得意,表面上仍不露声色,郑重其事地说:"我可是有条件的。"姑娘点点头说:"我愿意。"话音刚落,郑琦站起来,抓住她的手,姑娘却把手一缩,说:"来日方长,你还不了解我,想听听我的简历吗?"郑琦这才想到还没问过姑娘的姓名、家门,歉意地一笑,说:"对,对,洗耳恭听。"姑娘沉思片刻,便说明了自己的身份和应婚的目的。

原来姑娘姓李,叫李茜,今年二十一岁,原是工厂的打字员,后被时装表演队招聘为模特儿。父母在外地工作,又无兄弟姐妹,只跟八十多岁的老祖母相依为命,因此想在当地找个实实惠惠的丈夫,今后也好有个依靠,听说郑琦择妻,正合自己心意,便不顾别人阻拦自荐来了。

郑琦哪有心思听李茜介绍,早被李茜的美貌吸引,还没等她说完,就一把将她揽到怀里,心里像喝了蜜样的甜。他怕夜长梦多,当晚就把她留夜同居。从那夜后,李茜对郑琦体贴入微,除了上班,把家里的一切安排得井井有条,使郑琦有生以来第一次体验到了家庭的温暖和爱情的幸福。郑琦也越发地爱李茜了,两人就像正式夫妻一样相亲相爱。

没过多久,李茜就怀孕了,面色苍白,见了油锅就想吐。郑琦高兴得亲自做了饭菜,端到她面前,把鱼骨一根根剔干净,将鱼肉塞到她的嘴里,再三叮嘱说:"茜茜,为了咱们的大胖儿子,你要多吃。"李茜眼泪"扑簌簌"地落了下来,哽咽着说:"琦琦,你真好,可我……"郑琦体贴地安慰说:"怀孕了,应该高兴,快吃,快吃啊!"说着,又将一块鱼肉送到了李茜的嘴里。

李茜怀孕以后整天神思恍惚,郑琦心痛了,这是妊娠反应所致,就干脆不再让她上班,在家休息。可是李茜好像有什么心事,常常一个人呆坐着,还暗自流泪。郑琦心里明白,一定是她怕自己怀了个女孩要离开这个家庭。郑琦怎么舍得这么一个美貌温柔的女郎离开自己的怀抱呢?为了消除李茜的顾虑,郑琦当机立断,马上办了结婚登记,几天后便举行了隆重的婚礼。在酒桌上,郑琦的哥儿们轮番向李茜敬酒,这个说:"嫂子,你得争口气,生个胖儿子。"那个说:"妹子,可别给郑琦脸上抹黑啊!"本来一脸喜气的李茜,脸色又变得阴灰起来。

当天晚上,李茜躺在郑琦怀里柔情绵绵地说:"琦琦,你是真心爱我的,我也想为你生个儿子,可我觉得我怀的是女孩,给你丢脸。"郑琦抚摸着她柔软的长发,说:"茜茜,你别听那些人胡扯,我早就想通了,男孩、女孩都是亲骨肉。""不!我看了医学书,说吃药对肚子里的孩子不好,前几天我吃了不少药,也许孩子会是残废,或许是白痴,我想还是打掉算了,以后再怀一个健康的。"郑琦搂着她软绵绵的身子,感动地说:"茜茜,怀头胎就流产是最伤身子的,不管小孩是残废还是白痴,我都要,不要为了孩子而让你落下病根。"李茜浑身颤抖,泪水将郑琦的胸膛打湿了一大片。

第二天上午,郑琦做过早市回到家里,四处寻找就是找不到李茜。郑琦开始着急起来。突然,一种不祥之兆涌上他的心头,他连忙转身出门,骑上摩托车向县中心医院飞驰而去。

郑琦急急忙忙来到妇产科人流手术室,只见门外坐着不少候诊的妇女,就在那条长凳上,他一眼认出了李茜,不由热血上涌,一把将李茜拖出来,骂道:"你、你,我待你一片真情,你却要偷偷打掉我的骨肉,为什么,为什么啊?"李茜毫不反抗,听任推拉。周围人闻声围上来,纷纷指责郑琦粗暴无理。郑琦竭力为自己申辩说:"我们是夫妻,这是第一个孩子,是男是女,是残废是白痴,我都要。再退一万步说,即使是偷汉子偷来的,你是我的妻子,也得听我的,你为什么一定要打掉呢?"李茜听了郑琦的话泪如泉涌,"扑通"一声跪在郑琦脚下,抱住他的双腿痛哭着说:"琦琦,我对不起你。"这时,郑琦也感到自己刚才的行为有些粗野,便将李茜扶起来,说:"茜茜,我们回家吧。"

路上,李茜问郑琦:"你当时贴启事,就是为了有个儿子,现在又为何变成这样呢?"郑琦不假思索地回答:"这点你还不明白?我有的是钱,贴张启事又不碍事,可现在我爱上你了,即使现在生下的不是儿子,还可以再怀一个,我有的是钱,你今后再也不要上班了,靠着我享一辈子福。"说完,得意地对李茜大笑起来。

一晃产期已到,郑琦将妻子送进医院,包了一间病房,还再三对医生护士表白,如母子平安无事,他要重重酬谢。进产房的时候,李茜面色苍白,浑身打颤,不断地流眼泪,医生说她精神过分紧张。郑琦焦急不安地在产房外徘徊,心中暗暗祷告:保佑母子平安。

好不容易熬了三个小时,产房里传来一阵响亮的婴儿哭声,郑琦兴奋地忙把耳朵贴在门缝里听。这时,"嘎吱"一声产房门打开,出来一个护士,郑琦连忙向她打听是男孩还是女孩。那护士冲他一笑,说:"是男孩。"郑琦顿时惊喜如狂,悬着的心终于落了地,以前讲生男生女一个样,其实心里更盼望是个男孩,如今,他不仅出了口长气,而且万贯家产有了名正言顺的继承人。这时,产房门又打开了,李茜被推了出来,郑琦按捺不住心中的喜悦,俯在李茜的耳边激动地说:"茜茜,是男孩,这下你可放心了吧,我要好好庆贺!"李茜的脸色像死过去一样难看,眼睛里噙着泪珠,听了郑琦的话,无力地点了点头。郑琦心疼地握着她发烫的手,说:"你给我郑家立下大功,我一定要好好报答你!"

按常规,孩子出生两天后要抱回母亲怀里喂奶,可是过了三天,他们夫妻两个还没有见到自己的宝贝儿子。郑琦一头冲进主任办公室,神色紧张地问道:"我儿子究竟怎么啦? 你们快告诉我。"主任不急不忙地说:"请坐,我已经向有关方面汇报了你的事,今天本想找你谈谈,你来了正好。"郑琦急忙问:"究竟发生了什么事?"主任问:"请你坦率地告诉我,你们夫妻关系好吗?"郑琦点点头说:"很好。"主任又问:"你是否发现妻子有不忠行为?""没有,绝对没有,结婚后她从未离开过我。"郑琦肯定地回答。

主任严肃地对郑琦说:"你妻子生的孩子不是你的,前几天考虑到你妻子的身体状况和你的心理承受能力,没告诉你们。"郑琦只觉得五雷轰顶,他竭力镇定自己的情绪,说:"你们说话可要负责!"主任说:"绝对负责,我把孩子领来让你认一下。"

　　说话间，护士将一个紫红色的襁褓举到他面前。郑琦一看，顿时傻了眼，只见这个小囡浑身上下像煤球一般漆黑，塌鼻梁，厚嘴唇，乌黑的头发一鬈一鬈的，黑白分明的眼睛正对着郑琦，骇得郑琦不由倒退两步。他只觉得一股火从脚底直冲脑门，恼羞成怒地大声喊叫："这不是我的儿子，你们搞错了！"主任耐心地说："他确实不是你的儿子，但确确实实是你妻子的儿子。"

　　郑琦怒发冲冠，一个箭步冲到李茜床前，一把抓住她的头发吼着："你这个婊子，从哪里怀了这个黑小子？我、我揍死你——"说完挥起拳头就朝李茜打去，被周围的主任和护士挡住了。李茜蜷缩在床上痛哭，事到如今，她不得不说出了真情。

　　原来，李茜被招进时装表演队后，经理见她聪明漂亮，让她当公关小姐。不料在一次和外商洽谈生意时，她经不住小恩小惠的诱惑，投入到外商的怀里。不久她发觉自己怀孕了，十分害怕，正巧碰上郑琦贴启事征婚，于是就打算和郑琦同居后再将腹中的胎儿打掉。谁知两人同居后郑琦死活不肯将孩子打掉，没办法，她只得企望在遗传因子方面出点奇迹，长得像自己一样，便能侥幸过关。谁知天不如愿……

　　李茜说到这里，抹干了脸上的泪水，从枕头底下拿出一个小包，递给郑琦，说："琦琦，我对不起你，我们分手吧，这是一万元现金，就算我赔你的青春名誉损失费。"

　　郑琦拿起这叠钱，发疯地向四周撒去，痛苦地喊着："钱，钱，都是钱害苦了我！青春和名誉能用钱换吗？"他长叹一声，恼恨地冲出了病房……

　　　　　　　　　　　　　　　　　　　　（沈云娟）

一见钟情

上海某厂有个青年姓金,名力,长得五官端正,身材匀称,神采奕奕。

小伙子人长得不错,可今年已三十岁了,为啥还没有找到对象? 原因就在他那以貌取人的恋爱观上。他挑对象好比买年画,专拣长得漂亮的,做梦都想碰到个西施般的美女,再加上他从小就有个癫痫病,有的姑娘也就敬而远之。结果,当上得蛮多,钱花了不少,朋友谈了一个"加强班",到如今还是光棍一人。

前些日子,金力出差到杭州,在西子湖边的一家照相馆里,发现开票处坐着一个漂亮的姑娘,只见她白里透红的瓜子脸,晶莹乌黑的大眼睛,一头乌发松蓬蓬披到后肩,实在窈窕动人。金力看得如痴如呆,身不由己地走了过去,无事找事地问起话来:

"同志，这儿能照相吗？""可以啊，照一张一元二角。"金力一听姑娘那清脆悦耳的话音，更是中意，一时竟"哦，哦……"不知说什么好。姑娘见他呆笃笃站着，有些奇怪："你照不照？""我照，我照。"金力话音刚落，姑娘已"刷刷刷"开好了发票。

就在这几分钟之内，金力人虽站着没动，可脑子里像装了一台电风扇在飞转着。他想：难得遇上这天仙一样的美人，不能轻易放过，自己应该主动出击，或许炒豆发芽就在今天。金力主意一定，便趁着付钱的机会试探道："同志，你能不能帮我照？"姑娘惊讶地抬起头，这才注意到站在自己面前的是一位风度翩翩的青年。她心里也不由得一动，声音更加温柔地说："实在对不起，我只管开票。不过你愿意的话，照片印好后，我可以帮你寄去。哦，你是哪个单位的？"金力一听，赶紧从上衣口袋里拿出工作证递过去。姑娘仔细看了一下工作证，脸上立刻流露出非常羡慕的神色："哟，大上海来的！上有天堂，下有苏杭，这么好的地方，怎么就你一个人玩呀？"金力没想到这位姑娘比自己还要主动，便放开胆子讲话了："唉，我是光棍一条，谁肯陪我呀。同志，你贵姓？"姑娘露齿一笑，说："我叫方露，今年二十九岁，和你一样，也是……独身一人。"这真叫世界之大，无奇不有。这对青年人，初次相遇便一见钟情，刚说了几句话，竟两厢情愿了。

金力是个在恋爱场上历尽沧桑的人物，他想趁热打铁，一气呵成，于是便彬彬有礼地邀请："方露同志，我下午就要回上海了，现在你能陪我到湖边走走吗？"方露面孔红了，她委婉地推辞说："不行啊，现在我在上班，不好随便离开。这样吧，我写信给你。"金力想方露说得不错，只好依恋地说："好吧，那照片印好后，你留一张吧。"方露含笑点点头。

不几天，金力果然接到了方露的来信，信中还夹了一张方露的放大彩色照片。金力不禁喜出望外，连忙读信，当读到"这些天，你的音容笑貌时时在我脑海中翻腾，我是多么想见到你呀！

杭州、上海虽说相隔不远,可是单凭我这双脚是迈不过去的。我真恨爹妈给我的脚太短了,不然,我会一步飞到你的身旁……"时,金力更是眉飞色舞。金力看看照片,读读信,读读信,再看看照片,心里像抹了蜜糖,甜得心也颤抖了:想不到自己在而立之年竟天赐良缘,碰到了这样一位漂亮而又多情的姑娘。带这样的姑娘去兜马路,才出风头呢!金力越想越高兴,于是捏笔疾书,写了一封热情洋溢的回信。

金力写情书是熟门熟路,一口气就写了五张信笺。写到结尾,他猛地想起自己的毛病,觉得多少应该暗示一下,以后结了婚,真要发起病来,也表明我没有欺瞒她。于是写道:"露!我实在太想念你了,这样下去,我真担心我的大脑会想出毛病来。因为现在我的神经系统实在太脆弱了,以致经不住过多的刺激,这点,我相信你是迟早会了解我的……"

就这样,一封封充满爱情的书信在沪杭两地飞来飞去。书信恋爱谈了一个月,方露干脆寄来了自己单位开的结婚证明,要金力办好手续,到杭州来结婚。

这下金力满腹忧虑一扫而光。这些天来,金力心急火燎,如坐针毡,他千不怕万不怕,就怕夜长梦多,姑娘变心,又要落得个鸡飞蛋打一场空。现在方露如此主动,喜得他立即去单位开证明,向领导请了假,给方露拍了个电报,就跳上了南去的列车。

金力喜滋滋地刚走出杭州站,便听到有人问他:"请问,你是金力吗?"金力抬头一看,是一个漂亮姑娘,长得和方露很像,一问,才知道她是方露的妹妹方云。方云热情地说:"姐夫,我姐姐正在家里突击布置新房,一时走不开,她要我当代表,和你一起去区里登记。"金力一听发愣了:奇怪!结婚登记,怎么叫妹妹代替呢?"这,这行吗?"方云见金力有些犹豫,便把户口簿朝他手里一塞,说:"那你先上我家找姐姐去吧。不过,现在已是下午两点多了,耽误了你们的婚礼,可别怪我这个妹妹不帮忙啊。"金力想:是呀,这一来一去,总要半天工夫,现在反正手续齐备,让妹妹代替也未尝不可。于是赶紧说:"那咱们就先去登记吧。"

待金力和方云领出结婚证书,乘车来到方露家时,已经日落西山了,只见女家张灯结彩,宾朋满座,一片喜气洋洋。大家见新郎倌一表人才,都很高兴,有上来祝贺的,有过来攀谈的,十分热情。金力一心念着方露,随便应酬了几句,便悄悄问方云:"你姐姐呢?"方云神秘地一笑,说:"我们家有规矩,新郎、新娘在宴席上才可以见面,你耐心等着吧,我姐姐飞不了。"金力没有办法,只得耐着性子等着。好不容易听到有人喊入席,金力大步来到大厅,一看,嗬,里面坐着的那个姑娘正是方露。一个多月不见,加上今天一打扮,越发显得妩媚动人。

宾朋们频频敬酒祝贺,金力已灌得有些昏昏然了。他看看方露,面带笑容坐在那里,显得特别文静。不一会,亲亲眷眷过来敬酒了,金力赶紧站起身来答谢,回头看看方露仍坐着不动,忙转过身轻轻说:"露,起来呀,这样像啥?"方露笑笑,仍旧坐着不动。金力急了,一把拉起方露。只听"啊呀"一声,方露摔倒在地。金力慌忙去搀,又听得"砰"的一声,方露又倒了下去。

金力眼睛眨巴眨巴,看到方露那一大一小的皮鞋脚,突然醒悟过来:"啊,啊,你是个瘸子……"方露却神色自若,话也强硬:"是的。对这一点,你难道忘了,我在第一封信上就说过,'爹妈给我的脚太短了',你可怨不得我呀!"金力一听这话,好似一盆冷水浇在火热的头上,他顿时感到眼前的一切在摇晃旋转,嘴里喃喃自语着:"这个,这个……"突然他一声尖叫,口吐白沫,瘫倒在地。金力的癫痫发作了。

一时,大人叫,小孩哭,把个婚礼宴会搅得天翻地覆。这就是"火箭"式恋爱的教训,新郎、新娘各自尝到了只贪外貌、不讲真话的味道。

(吴 伦 搜集整理)

一百个称心

　　这个故事发生在焦枝线上的一个小城市里。在西城居民住宅区内，有一家人家，主人是个有志气的寡妇，人称惠侠嫂，家里只有母子两人，日子过得很红火。可有一件事叫惠侠嫂放心不下，儿子夏宝宝二十六岁，在宇宙机械制造厂当工人，至今还打光棍呢。这一天，惠侠嫂终于耐不住了，就问儿子："宝宝，你是咋弄的，谈了五六个了，还不成？"宝宝很有主见地说："不慌不忙，选个漂亮。""宝宝，选对象光挑漂亮可不行啊，最要紧的是人品要好。""妈，这我懂，我宁愿打一辈子光棍，也不要那些猪不啃的南瓜。""唉，儿大不由娘啊！"

　　事隔不久，好消息传来了。夏宝宝一次看电影交了个女朋友，叫柳曼曼，是东风商场的营业员，二十四岁，条子个，瓜子脸，长睫毛,杏子眼,简直就像从画里走出来的美人。两人一见钟情,谈得火热,逛公园,荡马路,看电影,下馆子,形影不离。

一天,柳曼曼突然来到夏宝宝家里,她是想来看看宝宝的家庭情况。夏宝宝的家境虽不算非常富裕,可住房宽敞,室内桌、椅、箱、柜齐全,而且都是照得见人影的漆货,另外还有收音机、缝纫机,新近还购买了一台电视机。柳曼曼一进门,夏宝宝立即泡上香茶,并把她介绍给母亲。

柳曼曼眉头一皱,坐了一会就走了,夏宝宝紧紧跟上,一直把她送到车站。分手时,他笑眯眯地问:"曼曼,你说咱这个家咋样?""九十九个称心!"夏宝宝急忙追问:"你还有哪一个不称心?"柳曼曼显出非常丧气的样子,说:"说出来你也没办法。"夏宝宝真想掏出心来让她看看,连忙说:"曼曼,为叫你一百个称心,就是赴汤蹈火,我也毫不犹豫。""那好,啥时候把你那个废物母亲处理掉,咱就一百个称心了!"夏宝宝听了,眉头一皱,心想:自己三岁时死了父亲,娘好不容易把自己拉扯大,如今要把老母亲当作废品推出门外,这对老人家来说该是多么大的打击呀!一旦母亲因此寻了短见,那可是造了大孽!可是,再一想,不把母亲处理掉,那美满的婚姻就要化成泡影。哎呀,无论如何也不能失去这个不可多得的美人呀!思来想去,夏宝宝竟答应了柳曼曼的要求。可想什么办法把母亲处理掉呢?夏宝宝一时又没了主意。

回家路上,只听有人叫他:"宝宝,你在想什么?"夏宝宝抬头一看,是李师傅,急忙说:"没什么。"李师傅是宇宙机械制造厂的老工人,为人忠厚,劳动积极,家里经济条件很好,两个儿子在外地工作,去年秋天,他老伴不幸突然病故,使他的生活失去了一个得力助手。这时,夏宝宝嘴里说没什么,心里却盘算开了:让母亲跟着李师傅不是很好吗?既处理了母亲,又成全了自己。于是,他鼓足勇气说:"师傅,俺师娘下世,两个哥哥又不在家,你饮食起居多不方便。俺邻居有个寡妇,和你的岁数差不多,勤劳俭朴,很会体贴人,如果师傅愿意,我给你搭个鹊桥……"开始李师傅不答应,后来被夏宝宝说动了,就松了口:"都是几十岁的人了,谁知道脾气合不合?""哎,咱们一步一步来嘛,你看看再说,先别声张,不成就拉倒。"夏宝宝这么一说,李师傅就点头答应了。

吃晚饭时,夏宝宝对他母亲说:"妈,今晚上俺李师傅买了几张票,请咱们看电影去。""你师傅我没见过,再说,你徒弟不请师傅看电影,倒让师傅请你,咋好意思哩!""没关系,他今晚请咱,明晚咱请他嘛。"惠侠嫂说:"那你去,我不去。""妈,师傅已经请了,你不去多对不起人。"惠侠嫂一想也对,就答应了。

这天晚上,星光影院上映的是《天仙配》。放映不到十分钟,坐在惠侠嫂和李师傅中间的夏宝宝就起身走了,直到电影结束,再也没进影院。电影结束后,李师傅和惠侠嫂也就各自走了。

第二天,夏宝宝问李师傅:"你看那人行不行?"李师傅郑重其事地说:"人是挺不错的,不过不大开口,看样子像是不大愿意。"夏宝宝说:"那人是不爱讲话,再加第一次见面,也不好意思开口,其实她对你可满意了。今晚上再见见,你们可好好谈谈。"

又是吃晚饭的时候,夏宝宝说:"妈,昨晚是李师傅请咱看电影,今晚咱请李师傅看电影。"

还是像第一次看电影一样,三人挨着坐。不到十分钟,夏宝宝借故又起身走了。这时,李师傅凑近惠侠嫂问:"那个事考虑得咋样了?"惠侠嫂侧过脸来,莫名其妙地问:"啥事?"李师傅觉得惊异:"怎么,你还不知道?""什么事啊?我真的不知道。"李师傅暗暗埋怨夏宝宝,干吗不向人家说明呢!又一想,可能是她不同意,故意装糊涂,就说:"既然你不知道,那就算了。"惠侠嫂的确不知道这事,但已觉察出其中有什么蹊跷,急忙追问:"到底是啥事,你只管说。"

于是,李师傅将事情的根根由由说了出来。惠侠嫂听了,如同一声晴天霹雳:天哪,竟有这样的事情! 顿时天旋地转,头晕眼花。然而惠侠嫂是个自制力很强的人,她强压住内心的痛苦,平平静静地说:"李师傅,你　的那个事我现在明白了,让我考虑考虑,明天上午你去我家再作商议。"惠侠嫂的自重和有主见,使李师傅打心眼里佩服,觉得和她生活在一起一定不会错。李师傅正在这样想着,惠侠嫂推说身体不舒服走了。

这天夜里,惠侠嫂一直睡不着,在床上翻来覆去,"刷刷"地流着泪:宝宝啊,你三岁上死了父亲,我吃尽千辛万苦守寡几十年,实指望把你养大有个靠山,谁知你的心肠这样狠! 你为了那个娇滴滴的柳曼曼,竟忍心把母亲往外推,你对得起你那死去的父亲,对得起你这白了头发的老娘吗? 惠侠嫂越想越伤心,整整折腾了大半夜。最后又想:儿子靠不住,就靠自己,看来李师傅为人忠厚,嫁就嫁! 主意已定,她倒觉得困倦了,一觉睡到了大天亮。

刚刚吃完早饭,李师傅骑着一辆崭新的自行车,来到了惠侠嫂家。惠侠嫂急忙让座、递烟、沏茶。李师傅办事爱干脆,茶还没呷一口,就开了腔:"那个事……"不等李师傅再往下说,惠侠嫂也爽快地说:"你是个忙人,干脆说了吧,那件事就算定了,可是你得依我三件事。"

嗬,新鲜,青年人结婚要讲讲条件,咱这几十岁的人了也来这个? 李师傅不明白,因此就问她:"你具体说说哪三件事?"惠侠嫂扳着指头认真地说:"第一,你前边的孩子得喊我妈;第二,咱们要马上结婚;第三,结婚那天,你得开着汽车来我家里接,而且不要小汽车。"李师傅一听都答应了,两人商定这星期六就结婚。就在此时,李师傅从墙上的镜框里发现了秘密,吃惊地问:"啊呀,你是夏宝宝的母亲? 这咋能使得?"惠侠嫂反问:"这有啥使不得? 事情是咱俩商量着定的,与他无关。"李师傅不好意思地搔搔头皮,笑了。

星期六一大早,李师傅开上汽车来接惠侠嫂,惠侠嫂让人帮着把家里的东西一件一件往车上装。李师傅要阻拦,惠侠嫂说:"这都是我用辛勤劳动换来的,我嫁人当然要带上自己的财产。"眼看家里快搬空了,李师傅又拦着说:"给宝宝留一点吧,他是你儿子啊!""儿子? 儿子心里没了娘,娘还要儿子?"东西全搬上了汽车,惠侠嫂坐上汽车去李师傅家了。

夏宝宝明知星期六上午母亲改嫁,但感到自己在家不好意思,躲到人民公园去了。近十一点时,他猜想母亲走了,才慢悠悠地走回去。心想:现在可让曼曼一百个称心了! 可是一进屋,看到东西全搬完了,不觉大吃一惊,只好找李师傅求情。惠侠嫂说:"他心里没有我娘,我哪有他这个儿子!"

夏宝宝自知理亏,只好垂头丧气地回到家中。恰在这时,柳曼曼也来了,夏宝宝急忙把经过情况一说,并要求和曼曼马上结婚。"结婚?"柳曼曼指着屋内仅剩的一张床和席,轻蔑地说,"就指望这些来跟我结婚吗? 你睡到椿树下做春梦去吧!"说完,转身就走。夏宝宝仰天长叹,顿足落泪……

(周学忠 搜集整理)

图　　财

　　如果一个姑娘想嫁富翁，那就不是爱情。财产是最无足轻重的东西，只有经得起别离的痛苦，才是真正的爱情。

五箱外国嫁妆

强生是钢铁厂的转炉炼钢工,仪表不俗,又有婚房,照理像他这样的条件,找对象是不成问题的,但强生今年已经年过三十,还是光棍一条。为啥?他一直梦想找一位海外姑娘当老婆,借此出国。当医生的母亲菊芬经常劝他,这事情不能强求,可他就是听不进。

这天傍晚,强生下班路过音乐喷泉广场,忽见前面石凳上有个大约是海外来的三十来岁的女人,在向他招手。强生吓了一跳,走过去一问,那女人指了指自己脚上一只断了搭攀的高跟鞋,又从手 包中掏出几张钞票,说:"先生,对不起,能帮我买双鞋吗?随便什么式样,只要穿了能回宾馆就行。"强生觉得这事情有点好笑,接过钱,片刻就回来了。女人见他买了一双元宝雨鞋,不由笑了。强生解释说,店里昂贵的鞋子多的是,他怕买的她不喜欢,损失就重了;听说海外旅游喜欢轻装,近期多雨,估计她这次来沪也不会带雨具,正好广场对面小店在售处理雨鞋,售价只有三元八角,买一双,不但能摆脱眼前困境,而且雨天还能使用,既经济又实惠,即使不喜欢,扔了也不可惜。

"OK,先生,您真诚实!"那女人感激地说,"不瞒先生讲,我叫爱妮爱珊,在这里已经等了一个小时了。在您之前碰到过三位先生,但是他们接了我的钱,就再也没有回来。只有先生您,而且考虑周到,胜如家人,所以我想邀请先生到我的住处作客,不知先生意下如何?"强生乐得差点叫出了声,欣然答应。

车到宾馆,爱妮爱珊领着强生来到自己客房。寒暄过后,爱妮爱珊轻声说道:"先生是位诚实的人,我也不必掩饰。此次回国,我是为我女儿择婿来的……""你女儿?"强生似乎不相信。爱妮爱珊笑了:"我已经四十有余了。""哦——"强生点了点头。爱妮爱珊接着说:"先生若还没有成家,没有女朋友的话,是否可以听听我女儿的一些情况,当然,我不会强先生所难。"

爱妮爱珊是香港一家美容院经理的夫人,她的女儿叫梦格,今年二十五岁,模样周正,一心想求得一位内心善良、诚实的人为终身伴侣。现在大陆实行开放政策,梦格几次向父母要求,与其在香港找朋友,倒不如去内地找找,也许那儿的小伙子更靠得住。这次爱妮爱珊来上海办事,顺便也想将女儿的事了了。

爱妮爱珊一边说一边就放起了录像,一位体态轻盈、风姿绰约的姑娘,由远向近推出,背景是一个花影摇曳、千枝竞放的场面。姑娘虽说谈不上美丽,但她特有的高贵气质早已把强生吸引住了。爱妮爱珊介绍说:"这就是小女梦格,这是她二十五岁生日那天家里举行舞会的片断,喜欢吗?"强生竟忘记了回答,未等录像结束,早把爱妮爱珊认作了岳母。

强生回到家后,把事情告诉母亲。菊芬哪里肯信:"强生,我闻听海外姑娘多风流,把婚姻大事视同儿戏。"强生闻听哈哈大笑:"娘,儿子不是傻瓜。梦格的妈咪是认真的。而且她不但不要我们一分聘礼,还连连向我打招呼说,他们的家境已不如从前,本来女儿出嫁应该多出点嫁妆,现在只能尽力而为,先送五皮箱嫁妆,略表心意。""真的?""千真万确!"菊芬沉默了。但她忽然想到了什么,对儿子说:"强生,妈是医生,那姑娘会不会有什么暗毛病,这种暗毛病你在录像中怎能看得清?"强生火了,他返身进了自己的屋子,"砰"地把门重重地关上了。

不过事实很快证明菊芬的顾虑是多余的。

一个月以后,当爱妮爱珊带着女儿梦格回来同强生去民政局办理结婚登记的时候,菊芬亲眼见到了梦格,不但贤淑,而且还十分稳重,一点有钱人家女儿的架子都没有。做母亲的心总算落了地。强生与梦格的婚礼是在国庆节晚上举行的,宾客十分踊跃,甚至连菊芬医院白发苍苍的老院长,也为强生的离奇姻缘赶来祝贺了。

强生西装革履,满面春风,相比之下,倒还是新娘子穿着比较朴素,一件合身的长袖白色真丝连衣裙,白色无跟软底鞋,处处流露出她那高雅、洁静、自然的美。与一般新娘子不同的是,她手里不是拿着鲜花,而是一只非常精致的翠绿色的小篮子。众人有些不理解,心想,这也许是香港的风俗。

婚宴上,新娘新郎为每一个客人敬酒,强生的小兄弟们嚷着要新娘为他们点烟,不料话音刚落,新娘就对新郎道:"我讨厌烟味!"新郎很尴尬,众人也不好胡来。正僵持着,新娘忽见地上不知谁扔了一只烟蒂,急忙蹲下身把烟蒂捡起来,放进了那只小篮子里。爱妮爱珊忙解释说:"请太太先生小姐们原谅,在香港是禁止在公共场合吸烟的,新娘初到上海还不习惯,对不起,对不起。"她一连声的"对不起",把来宾中吸烟的人说得脸都红了,忙自觉地捡起地上的烟蒂。新娘一见,不由又笑了,甜甜地说了声:"谢谢大家!"这正是一次别开生面的婚礼。

婚宴以后,传统节目是闹新房,菊芬关心老院长的身体,劝他别跟着年轻人去轧闹猛了,但是老院长兴致勃勃,执意要去。

新房设在强生家,房间布置得富丽堂皇,闹新房的人想尽花招,强生和梦格都一一照办了。末了,有人　出想瞧一瞧那五皮箱的嫁妆,这也正是强生求之不得的事情。因为那五大箱嫁妆从进门以后,新娘子一直高度警惕地看着,强生连箱盖都没摸过一下,现在既然有客人　出,强生当然想趁机借东风出一下风头了。谁知新娘子就像没听见似的。强生一个小兄弟不买账,新婚三天无大小,客人出点格,全在情理之中,所以他不管三七二十一,找来一根铅丝,仗着自己懂点开箱术,想动手开箱子。这下新娘突然沉下脸来,要闹新房的来宾立刻就走。来宾们快快地退出了新房,强生一看叫留也不是,不留也不是。老院长临走时低声地同强生母亲耳语了一阵,菊芬的脸色立刻就变了。

待老院长一走,菊芬将儿子拉过一边,低声说:"强生,娘求你一件事行不行?"强生还在为刚才发生的事心烦,不由道:"什么事,你快讲。""强生,娘想借你的新娘子先睡一夜,你……""什么?"没等菊芬把话说完,强生就叫了起来:"天底下哪有这样的事!"菊芬忙解释说:"我只是想和梦格谈谈,也许会谈到很晚,不过,娘养你一场,你连这点委屈都不能接受吗?"强生见娘眼眶发红,只得让步说:"不过尽量长话短说!"

强生走出新房,呆在母亲房间里,越呆越不是味,听听隔壁屋里声息全无,连灯都熄了。他想过去叫门让母亲出来,忽然听到新房里传来一阵"乒乒乓乓"的声音。强生大惊失色,冲过去用力撞开门,开灯一看,屋里的景象把他吓呆了:只见梦格穿了一件睡袍,头发散乱,正用一根束腰的细皮带,狠命地在勒菊芬的脖颈。菊芬已经被勒得眼睛翻白,四肢胡乱扑腾。强生不知发生了什么事,又气又急,急忙上前拉开梦格。菊芬终于喘过气来,对儿子说:"强生,你明天就去宾馆找梦格的母亲。今晚的事你对谁也不要说。"说完这话,人已瘫软在椅子上。

但是第二天一早,当强生和母亲安顿好梦格,赶到天鹅宾馆,谁知服务员说:"爱妮爱珊太太昨晚就已离开上海回香港了。""什么?"菊芬闻听,身子差点倒下去。强生一把扶住,连声问道:"娘,这是怎么啦?"菊芬眼泪一把,说明了原委。

原来昨天婚宴上,老院长就瞧出了蹊跷,但又不能肯定,因此来到新房。当新娘对来宾下逐客令时,老院长有点肯定了自己的想法,他告诉菊芬:"你儿子可能娶了一个精神障碍症患者,那五个皮箱就是她的病根!"强生闻听至此,不觉失声道:"就是那五皮箱嫁妆?""儿呀,"菊芬长叹一口气,"什么嫁妆噢,昨晚我趁她睡去,去打开了皮箱,第一箱是满满的烟屁股,第二箱还是。当我开第三箱的时候,她从后面扑上来,一下就勒住了我的脖子。"五皮箱香烟屁股?强生只觉得天旋地转,他怎么也不会想到,原以为全是洋货的嫁妆竟然是一钱不值的烟屁股。弄了半天,爱妮爱珊将一个神经病女儿甩给了自己。

原来事情是这样的,梦格在念大学的时候,有一次去郊游,因为一只没有揿灭的烟蒂引起车内一场大火,当场就烧死了四个人。梦格虽然只受了轻伤,但那副惨相使她受到了极度的刺激,她失常了。以后,凡是见到地上的烟蒂,她都会不顾一切地捡起来,并把它们锁进箱子。日积月累,已经积了五大箱。后来,梦格的父亲去世,母亲爱妮爱珊另嫁了人,后父视梦格为包袱,经过合计,利用国内青年盲目崇外的心理,精心编导了这出闹剧。强生只落得哭笑不得,后悔莫及。这正是:

> 出国未成行,包袱已背进,
> 奉劝出洋迷,脑子拎拎清。

(夏元寿)

万元活鞭打鸳鸯

　　临河镇上有对小夫妻,男的叫田信儿,女的叫黄彩芹,他们结婚五年整,可到现在仍没个"接班人"。俗话说:女人不开怀,出门头难抬。夫妻俩为此顾不上害羞,上大医院做了次检查。医生断定信儿患有"阳痿",以后尽管吃药打针,可信儿那"阳物"始终精神不起来。

　　谁曾想到,有心栽花花不开,无意插柳柳成阴。最近,信儿得了件能治"阳痿"的宝贝!啥宝贝?说来话长……

　　黄彩芹有个在外面跑了一辈子穷腿的远房大伯,姓"田"。一年前,田大伯叶落归根回到了临河镇。彩芹见老人无儿无女,没人照料,就把他接回家,管吃管喝,还腾出间房子给他住下。

　　谁知过了端午,田大伯不幸得了绝症,病得起不了炕,彩芹送汤送水,端屎倒尿,像服侍亲爹一般。信儿既心疼那几个钱,又怕人死在家里不吉利,就放出话来要赶老人走。彩芹比今论古好说歹说,总算捏着鼻子留下了田大伯。

有一天,田大伯忽然又吃又喝,脸色红润光泽。彩芹听人说过,这叫"回光返照",就忙让信儿照看着,自己一路小跑去请医生。这时,田大伯强打起精神,在炕头席片子下面摸索了半天,摸出了个大铜钥匙,指着一个破皮箱,让信儿帮他打开,拨开上面破旧衣服,从里面抱出个二尺多长的小皮匣子……

信儿见他摸摸索索,心里有些发急,便想上前帮忙,田大伯摇摇头,又从腰带上解下个荷包,从荷包里掏出个小钥匙,打开匣子,从里面取出个红布包,解开布包,里面是一层棉纸,撕开棉纸,里面是一层油纸,打开油纸,里面露出一个一尺半长,有大拇指粗,盘了一个弯,暗红色的,形似长虫的东西。

田大伯挣扎着指着这东西说:"我年轻时,走南闯北,一年路经长白山,救了一个猎人的命,猎人为感谢我救命之恩,把这稀有之物送给我了。这东西叫虎鞭,就是雄老虎的生殖器,是一味名贵药材。据说,吃了它能返老还童,特别专治男子的阳痿早泄,阳事不举……这可是个稀有之物,我再穷也没舍得卖呀。"说完,把东西给了信儿。

信儿把那东西放在手里掂了掂,似乎有点不相信,田大伯也不多解释,从腰带上取下小刀,从虎鞭头上削下一小片,用火柴烧成灰,再用一只玻璃杯盛满清水,把灰放在水面上,顿时只见一条鲜红的血线,直坠杯底,扬起一股血丝,像蛇头一样一颤一抖。做完这一切,田大伯才如释重负地吁了口气:"看清楚了,这可是条活鞭,它价值万元呀……"

待彩芹喊来医生,田大伯已经两脚一蹬断了气。

第二天,信儿两口子马不停蹄地忙了一天丧事,天刚黑便躺进了被窝。信儿想起那事,兴奋得睡不着,他推醒彩芹,说:"我发财了!"说着,把田大伯送虎鞭的事说了一遍。

彩芹听了,一滚钻进信儿的被窝:"阿弥陀佛,这下你的病可该治好了!"两人叽叽咕咕说了半宿话,彩芹心细,她嘱咐信儿明早去中医院问问老中医,别鸭吃砻糠弄个空欢喜一场。

第二天一早,信儿把虎鞭放进黑 包里,高高兴兴地推车出门。彩芹知道信儿脾气,不放心地追出来告诫道:"记着,那东西再贵咱也不卖!"

没到吃午饭光景,信儿满面红光地回来了,彩芹正在揉面,听到铃声,手也没洗,便迎了出来。她未曾开口先红脸:"问了吗?""问了!""真不真?""真!""咋个用法?""唉,在药材公司遇见个'缠磨头',非缠着要买,结果没顾上问。"

彩芹一听这话,惊出一身冷汗,声音都变了:"怎么,你卖了?""没和你商量,我咋敢。"彩芹这才放了心,这些年,背转人她可没少抹眼泪,跟了个半男不女的汉子,老觉得在人前矮了半截,见人家抱着娃娃走娘家,眼睛红得滴出血来。所以如今得了虎鞭,就像见了命根一样,她见信儿没问医生怎么服法,一时火起,把手一洗,骑车出门上了县城。

傍晚,彩芹回来了,兴冲冲地对信儿嚷道:"我问了一位老中医,他说用虎鞭泡酒,百日之后每日饭后饮三杯,不消半个月,准好!"说到这里,她看了信儿一眼,不由得吓了一跳,只见信儿低着个头,一副无精打采的样子。她上去推了一巴掌:"怎么啦?"信儿低声说:"上午那个'缠磨头'又找上门来,非买不可。""你,你卖了?"信儿没敢看彩芹,从抽屉里拿出两叠崭新的"大团结",摆到桌上。彩芹如同晴天炸响一个霹雳,顿时脸色煞白。她用手一拨拉,钱撒了一地:"说,那人现在住哪儿啦?"信儿从没见彩芹发这么大的火,一时间吓得手足无措,老实回答:"住在东风旅社,姓甘……"彩芹听到这里,大步迈出了门。信儿看她神色不对,怕出什么意外,忙追出来喊,可彩芹头也不回,骑上车一会儿就消失在了公路上。

天慢慢黑了下来，信儿在镇子路口上站得双腿发酸，自行车在大路上一辆辆闪过，可单单不见彩芹的身影。他实在忍不住了，顶着星星朝城里赶。

信儿赶到东风旅社，见了服务员就问："二楼的老甘在吗？"服务员说："他已经走了。"信儿大吃一惊，忙又问："你可见到有个青年妇女来找他？"服务员上上下下打量了他一会："你是她什么人？"信儿一阵心慌，随口撒了个谎："我，我是她哥哥。""噢，"服务员点点头，从抽屉里拿出一封信，说："这是那个妇女留下的，说有人找她，让转交……"服务员又从兜里掏出一把钥匙："她还留下一辆自行车，放在存车处。"

信儿接过信与钥匙，浑身不由自主地打起颤来，他好不容易使自己镇定下来，把信封撕开，上面这样写着：

信儿：

　　我跟姓甘的走了，你守着那叠钱做"万元户"吧！

　　别怨我无情无义，都怨你把钱看得太重。人家姓甘的也有"那种病"，因此30岁了没寻下媳妇，他舍得花一万五千元买……你呢？我咬牙狠心断了五年夫妻情分，别再找我！

彩芹

信儿看完信，人一下子瘫在地上。

（李光藩）

猜　　疑

在情场上，如果你爱表示怀疑，就是不懂得恋爱，除了使自己遭到惨败以外，是没有什么好处的。

焦点：脚趾头

有个姑娘叫岑慧珍，谈了个男朋友叫马腾飞，两个人年龄相仿，志趣相投，脾气相合，相貌儿相配，真可说是"天生一对，地合一双"。可是有一天马腾飞洗脚时，岑慧珍发现了一个严重的问题：他左脚那五个脚趾头，除了老大正常以外，其余四个小兄弟都特别小，像是四颗小肉瘤。这一发现非同小可，她失声叫道："啊，你这脚趾头是咋回事呀？"马腾飞还没有觉察到这问话中的火药味，只是笑笑说："噢，这是从娘胎里带来——先天性的，大概因为三年自然灾害，父母挨饿，营养不良造成的。这是我的特殊标记，以后如果我失踪了，你一登报，准找到，嘻嘻。"

岑慧珍火了："这么大的事情，你为什么一直瞒着我？""瞒？"马腾飞愣了，"我脚趾头短了点，不照样跑步、爬山、打球、跳迪斯科,这算个啥呀!""五个脚趾头坏了四个,占百分之八十,还不算啥,那你说啥算啥?告诉你,就凭我这长相,能同缺脚趾头的人共同生活吗?"她哭了。

听她这一说,马腾飞才感到事态的严重性。他连忙穿上鞋子,又冲咖啡又拿糖果,好话讲了一箩筐,可丝毫没有缓解紧张局势。最后他说:"慧珍,人哪有十全十美的,就算你浑身上下没有一点破损,但严格地说,你那肚脐眼不也是一个疤吗!再说,我今后加倍努力,以事业上的腾飞来弥补这脚趾头上的缺陷,这还不行吗?"

"拉倒吧!就凭你那脚趾头,还想腾飞?我迁就于你,要是生出孩子来也缺脚趾头,并且来个代代相传,那还了得!算了,算了,我们到此结束吧。"岑慧珍牙一咬,眼一瞪,头一摆,脚一跺,走了,从此断绝了来往。

当然,岑慧珍嫌弃了他,自然还有爱他的人。马腾飞很快又谈了个女朋友,情投意合,结婚一年后生了个孩子,白白胖胖的,十个脚趾头齐崭崭的,即不缺也不短。可是岑慧珍却看一个扔一个,前后接触了三七二十一个,一个也没看中。

总算还好,后来经朋友介绍,她认识了一个名叫李三亚的小伙子,身高一米八〇,一头乌黑发亮的头发,浓眉毛,大眼睛,高鼻梁……总而言之一句话:潇洒英俊。于是她决定:上!经过几次正面接触,她觉得小伙子谈吐不俗,很有风度,也很有修养。但有件事情不踏实:为啥每次见面,他都穿那双意大利式的皮鞋,还有那双雪白的棉织袜子。虽说那皮鞋擦得锃亮,那袜子一尘不染,会不会这里面藏有不可告人的秘密?为了探个虚实,这天她来了个突然袭击,不声不响地闯进李三亚家里。一进门,正好看见他在穿袜子。李三亚见女友来了,一阵慌乱,急忙穿上皮鞋,连说话也结结巴巴的,很不自在。这就更引起了岑慧珍的怀疑:啊,要是没问题,为啥大热天穿袜子、着皮鞋?这李三亚也是六〇年自然灾害时出生,他爹妈那时也肯定营养不良,十有八九也是缺脚趾头的货色! 要在前几年,她会毫不犹豫地说声"嘣嘣"了,可现在年岁已经不小,找一个这样的小伙子也不容易,不能轻易放掉。因此,她表面上不动声色,心里盘算着如何让他把脚亮出来,弄个水落石出。

这一天,岑慧珍和李三亚约定去郊游,上午八点,他们在动物园门口碰头。岑慧珍见李三亚还是穿着那双黑皮鞋和白袜子,眉头一皱,说:"你穿双大皮鞋,不热吗?""不热,不热。""不觉得笨重吗?""不,习惯了。""是不是脚上有毛病?""没有,没有,骗你是小狗。"岑慧珍心里想:哼,我今天非让你的脚亮亮相不行。她拉起李三亚的胳膊,说:"好了,咱们走吧。"

两人边谈边走,很快出了城。岑慧珍说:"哎,咱们今天来赛跑好吗?""赛跑?""对。"岑慧珍指指小河那边的小山说,"目的地就是山脚下那棵大树,看谁先到。""好,你先跑,我一定追上你,但是不能白追,追上以后你得让我吻你一下。""可以。"岑慧珍说完脱了鞋袜,撩起裙摆往腰里一塞,撒腿就跑。她穿过田野,又涉水过了小河,回头一看,却不见李三亚的人影。奇怪,他到哪里去了呢? 仔细一看,原来李三亚根本没有同她比赛跑步过河,而是背着个老太太从桥上过来了。

岑慧珍心想:好啊,你以为我吃了撑的,真跟你赛跑呀! 我是为了让你脱掉鞋袜,检验检验你的脚趾头,可你倒好,却去背起老太婆来了。她想到这里,气呼呼地说:"你这是干什么?"李三亚见岑慧珍脸色难看,连忙解释:"刚才我刚要脱鞋,来了个老太太,她说她有心脏病,要我搀她过桥。你想想,我一个青年小伙子,对老人的困难能不管吗? 我知道,你肯定不会责怪我的。"说得岑慧珍哑口无言,有气也不好发作。

但岑慧珍并不就此罢休,心想:你不脱鞋,我偏要你脱! 她抬头一看,只见树上开着几朵大白花,眉头一皱,计上心来:"哎,

你送我一朵花,行吗?"李三亚朝四周看看:"这里没有花呀。"岑
慧珍指指树上说:"你看,那里就有,就看你愿不愿意上去拿。"
"啊,要我上树?""对,你把鞋袜脱了,我托你一把就上去了。你
对我是真心还是假意,就看这一下了。"

李三亚哈哈大笑:"你别转弯抹角了,我知道,你无非是要验
证我的脚趾头是否齐全,是吗?我这就给你检查。"说完,三下五
除二脱掉鞋袜,露出了他那双脚的真面目。岑慧珍仔细一看,十
个脚趾头个个完好,不缺一个,也不短一截,完全正常。她乐呵
呵地问道:"你既然脚趾头完好无缺,为啥不肯脱鞋袜呢?"李三
亚说:"虽说我脚趾头没问题,但我这脚有个毛病,一年四季出
汗,奇臭无比,脱了鞋袜怕你受不了。"

岑慧珍长长地"喔"了一声,心里盘算着,这臭脚究竟要不
要。经过反复考虑,多方权衡,最后还是同李三亚结了婚,后来
还生了个白白胖胖的儿子。可她万万没有想到,孩子的脚趾头
竟多了一个。这是怎么回事呢?她想了三天三夜也没想通。

(崔志安)

女儿像谁

　　滨海市有一对闻名全机关的俊男靓女，男的是市经济技术协作办公室副主任顾东，他的妻子叫沈萍。夫妻俩都是大眼睛，双眼皮，挺括的高鼻梁，男的英俊，女的秀丽。

　　三年前他们生下了宝贝女儿佳佳，可是佳佳却长得十分不佳，眯细眼，塌鼻梁，让人横看不顺眼，竖看皱眉头。有人议论："龙生龙，凤生凤，老鼠生儿打地洞，可佳佳却变了种……"有人嘀咕："这小佳佳爷不像，娘不像，倒像隔壁张木匠……"

　　日子一长，这些议论慢慢地吹进了顾东的耳朵里，他也觉得奇怪：无论从优生学的角度分析，还是从遗传学的观点解释，小佳佳的"变种"是一个谜。会不会……顾东简直不敢往下想。可越是不去想那件事，却越要想，越想越困惑，越想越烦恼。

顾东和沈萍是在部队里相识的,当时顾东是个优秀飞行员,在一次军区召开的庆功祝捷大会上,他认识了歌舞团演员沈萍。自古道:美人爱英雄,英雄惜美人。两个人一见钟情,很快相爱,一年后就结了婚。1987年顾东转业到家乡长江边的滨海市。自幼出生在广州的沈萍也随丈夫转业到了滨海市文化局工作。

"郎才女貌",夫妻生活十分甜蜜和谐。可是自从那个不像老子又不像娘的小佳佳出世后,平静的生活起了波澜,顾东变得闷闷不乐、疑神疑鬼起来。他想沈萍本是南方姑娘,热情而又开放,再加在文艺界呆过十多年,这文艺界的人可靠性不强,特别表现在对爱情、婚姻、家庭上的不专一性。你看某著名导演的婚变,某大影星的二度离异,某红歌星的上当受骗……沈萍长得花容月貌,会不会……

顾东终于憋不住了,一个夜晚,他鼓足勇气问沈萍:"你说咱们的佳佳像谁?"沈萍回眸一笑:"你问我,我问谁?""当然问你。"他疑虑地盯着沈萍,沈萍则躲过他锐利的目光,委婉地说:"顾东,为了咱俩的幸福,这件事你就别问了,好吗?"

沈萍让顾东别问,顾东越觉得她心中有鬼,这时他回忆起新婚时沈萍曾带来一只精致的上了锁的首饰盒,可沈萍不让看,他曾开玩笑地问沈萍:"杜十娘同志,你这只百宝箱里藏着什么宝贝?"沈萍嗔怒地说:"我不是名妓杜十娘,你不要说话不干不净。这也不是什么百宝箱,箱子里藏着什么,这是我的秘密,宪法规定公民都有隐私权。"顾东试探地问:"如果我偷偷撬开箱子看了你的秘密呢?"沈萍面孔一板:"那咱们就离婚。"

思前想后,顾东觉得沈萍虽然长得花容月貌,但却心术不正,从各种迹象分析推敲,她有外遇肯定无疑,看来佳佳也不是自己亲生。顾东越想越恼,就像吃了苍蝇一样恶心,趁着沈萍去外地出差的时机,他不声不响地向法院递交了离婚诉状。沈萍出差回滨海,就收到了法院转交给她的顾东离婚诉状副本。

沈萍这一惊犹如堕入五里雾中,她不相信自己心爱的丈夫会提出和她离婚的起诉,但白纸黑字,这确确实实是顾东的手笔。怪不得他前一阵追问女儿为啥不像爹娘,怪不得他一直扬言要撬我的首饰盒,原来他早就不相信我,早就和我同床异梦,怀疑我了。既然你顾东提出离婚,我沈萍也不会赖着不走,好合好散。沈萍一气之下,立即办理了同意离婚的手续。

没有财产分割的任何麻烦,两人都表现了"大将风度"。沈萍只要女儿,顾东对"变种"的女儿也不留恋。沈萍办好户口、工作等迁移手续,择日带女儿回广州娘家定居。临走时,她就带了那只首饰盒。

是最后一次见面,也许顾东总觉得对沈萍有些内疚,他特意赶到火车站为母女俩送行。当列车开动之前,顾东再一次向沈萍提出,能否让他看看盒子里的秘密,沈萍竟二话没说,爽快地打开盒子。顾东一看,盒子里只有一张十七八岁大姑娘的照片,那姑娘眯细眼,塌鼻梁,相貌平平。"这是谁?"顾东莫名其妙地问。"是我呗!""是你?怎么一点不像?""十三年前我考入艺校时就是这个模样,老师说我能歌善舞身材又好,就是脸蛋欠漂亮,学校送我去医院做了整容手术,单眼皮开成了双眼皮,塌鼻梁也填成了挺括的高鼻梁,你细细看看,佳佳就像我呀!"顾东这才恍然大悟,急忙问道:"沈萍,你为什么不早说呢?""我怕你知道后会伤害我们的感情,我怕失去你对我的爱,但是想不到你这样不相信我,想不到你竟如此绝情……"沈萍说不下去了。

顾东一把拉住了沈萍的手:"我错了,沈萍,你别走!"沈萍显得十分潇洒:"大丈夫一言既出,驷马难追。我决定了走,谁也拦不住。我决不后悔,除非你跟我走!"

这时,"呜"一声,火车马上就要开了。顾东急得犹如热锅上的蚂蚁,是跟沈萍去广州呢,还是在滨海过单身汉生活?是走是留,他不知该怎么办了。　　　　　　　　　　　　(金国忠)

吃　　　　醋

吃醋而能尊重对方,才是真正的爱情。呵,被人爱,多么幸福! 天呵,有所爱,多么幸福!

卧室探秘

　　春江电镀厂青年工人史一松的对象叫丁毓秋,是春江小学的语文教师。两人相爱将近一年,当史一松鼓起勇气向毓秋求婚时,毓秋低头沉思了足足三分钟,才说:"除非你答应我一件事……"什么事呢?喏,婚后,每逢毓秋生日,她都要自由支配这一天,史一松得大开绿灯,并且保证不刨根问底。

　　史一松那颗吊在嗓子眼里的心回到了原处,这有什么难的?太容易办到了,便干干脆脆地说:"我答应,百分之百听你的!"

　　不久,毓秋与史一松结婚了。婚后,两人你恋我爱,毓秋对史一松更是情深意切,体贴入微。一天,史一松上夜班,他离家不久,老天爷下起了毛毛细雨,毓秋忙送去了雨伞;不到夜十点,毓秋送去了热腾腾的小笼包子;午夜时分,冷空气骤然南下,毓秋又急忙送去了大衣。厂里人都说,这对小夫妻的感情比贵州茅台酒还要浓三分,史一松这小子真是福分不浅!每当这时,史一松总是满脸得意地说:"嘿,这是我们史家祖宗三代积的德啊。"

不过,史一松的内心深处对毓秋有没有不满意的地方?有,问题就出在毓秋的生日上。因为有言在先,每逢过生日,毓秋总是"闭门推出窗前月",毫不客气地要史一松离开房间,自己关门闭窗,还把窗帘拉得严严实实,独个儿在里面待上一天。这使史一松的心比镇江米醋还酸。

莫非毓秋的心里另有所爱?莫非有人至今还在暗暗地追毓秋?史一松的脑子里生出许许多多奇奇怪怪的想法,以致每当毓秋的生日快要到时,他就神思恍惚。唉,万万想不到当时一时冲动应承下来的事情,竟会给他带来如此折磨人的后遗症。史一松真是哑巴吃黄连——有苦难言。

春去夏来,夏去秋来,毓秋的生日又到了,当毓秋 出要按既定方针办时,史一松爽快地一口答应。其实,他心里早已有了主意,这一次,他非得把这个哑谜破了!为了这一目标,早在几天前,他就背着毓秋悄悄地在卧室右上角挖了一条缝,这样,只要往楼板上一伏,卧室里的一切就清清楚楚地尽收眼底。

毓秋生日那天,一大早,她就像春蚕作茧那样,把自己关在房间里。史一松见时机已到,便蹑手蹑脚地上了楼,顾不得一身笔挺的西装,迫不及待地扑倒在楼板上。小夫妻俩就这样一个在上,一个在下,各司其职。史一松目不转睛地从楼板缝里瞄下去,只见毓秋双眉微蹙,眼睑低垂,默默地沉思着,似有满腹心事。好久,她慢条斯理地脱衣解带,对着大衣橱的镜子,换上了一件色泽淡雅的连衣裙,一双洁白的球鞋。顿时,毓秋变成了身材苗条的女学生,把个史一松看得直纳闷:她这是干什么啊?

不一会,毓秋又忙开了,她把小方桌挪到房间中央,桌旁面对面放了两张椅子,又从 包里取出几样水果,还冲了两杯咖啡,然后,她取出了一个小巧精致的镜框,把镜框在胸前抱了好一会,才端端正正地放在桌上,接着,把一杯咖啡放在镜框面前,自己端起另一杯喝了起来,一边喝,一边对着镜框在喃喃地诉说着什么。

史一松连忙盯住那个镜框。镜框里是一张八寸彩照,彩照上是一对青年男女,那女的正是毓秋,身穿连衣裙、白球鞋,小鸟依人般地依偎着男青年。男青年长得面如满月,秀气夺人。史一松差一点喊出声来,这不就是化工厂的技术员宋程吗?为了防止弄错,史一松使劲眨了眨眼睛,不错,千真万确是宋程!

尽管史一松对毓秋的生日之谜作过上百种猜测,然而,今天亲眼目睹了这一切,他还是感到一阵昏眩,浑身发起抖来。这时,毓秋的话清清楚楚地传进他的耳朵:"……你送给我的生日礼物,我会永远保存,看到它,我就会想起你说的话,你放心,我会依照你的话去做的……"

此时此刻,史一松恨不得飞步下楼,先把那个晦气镜框砸个粉碎,再要毓秋说出事情的真相。但转念一想,还是强忍住气,决定先不打草惊蛇,眼下第一要紧的是赶快找到宋程,把他扭到这里,这样,人证物证俱在,看两人还有什么话可说。

史一松强忍怒火,轻手轻脚地下了楼,直奔化工厂而去。传达室的老头告诉他,宋程轮到夜班,白天在家休息,接着,又告诉了宋程的地址,史一松便飞快地赶往宋程家。

史一松到了宋家门口,闷声闷气地喝道:"姓宋的,快出来!"宋程一出屋,史一松就劈胸把他拉住:"姓宋的,你干的好事!"

宋程人高马大,腰圆膀粗,他生气地甩开史一松的手:"你是谁?是吃错了药,还是头脑发热?莫名其妙!""你当我是谁?告诉你,我是丁毓秋的丈夫!""什么丁毓秋,我根本不认识。"

史一松见宋程装痴装呆,不由得无名火蹿起三丈高,他猛地一推宋程:"装什么蒜?你为什么送她生日礼物?你为什么和她合拍照片？你们的关系发展到什么程度了？别以为我蒙在鼓里，一切我都清清楚楚！"说着，史一松扭住宋程："走！人证物证俱在，你跟我走！"

不料这宋程好像在听天方夜谭，他哈哈一笑，说："喂，我想你一定学过法律吧？要知道，法律规定诬陷有罪！我根本不认识你妻子，她做的一切事情与我毫无关系。刚才你无理取闹，我只当你发酒疯算了，如果你再闹，我可对你不客气了！"说完，头也不回地进了屋，还把门"砰——"地关上了，任凭史一松大敲其门，里面再也没人理睬。史一松当然不肯罢休，一口气赶到化工厂，找到厂长，狠狠地告了宋程一状。厂长表示，他们立即派人调查，如果情况真像史一松说的那样，他们定会对宋程作出处理。

史一松回到家里，天已经不早，桌子上放着毓秋留给他的条子，说是自己回娘家去了，明天一早赶回来上课。史一松把条子撕得粉碎，恶狠狠地说："滚！从今以后，我再也不愿意见到你！"

当天晚上，史一松长吁短叹，翻来覆去地在床上折腾着，烟屁股丢了一地，直到天蒙蒙亮，才迷迷糊糊地睡着。

史一松刚开始做梦，一阵急促的敲门声把他惊醒，有人在粗暴地喊着："开门，开门！"史一松阴沉着脸，极不耐烦地打开门。宋程忽地闯了进来，把他劈胸捉住，厉声地说："姓史的，你太缺德了，走，我和你上法院去！"

原来，昨天，宋程的女朋友刚巧在宋程家玩，她一字不漏地听到了史一松的话，委屈得差一点昏过去，她骂宋程是一个地地道道的伪君子，哭哭啼啼地非要和宋程分手。宋程百般解释，她女朋友就是不信，刚才，她把宋程送的订婚戒指掷还给了宋程，声称从今以后和宋程一刀两断。宋程又急又气又无可奈何，便怒气冲冲地赶来找史一松。

这一下，史家门前可热闹了，史一松幸灾乐祸地说这是宋程做了昧心事的报应；宋程口口声声说自己晦气，碰上了史一松这个活鬼。两人脸红脖子粗地吵得不可开交，一时间，左邻右舍都赶来看热闹。

正吵吵嚷嚷乱作一团，丁毓秋脸色苍白地出现在他们面前。她颤抖着声音对宋程说："我就是丁毓秋，你们的话，我都听到了。因为事情是我引起的，你的女朋友那里，我会去把事情的真相讲清楚，我想她一定会回心转意的。"说完，便头也不回，跌跌撞撞地往前奔去。

丁毓秋找到宋程的女朋友，流着泪说出了事情的真相。原来几年前，她曾与宋程的哥哥偷偷恋爱，两人情投意合、心心相印。正当两人沉浸在甜甜蜜蜜的爱河里时，有一个姑娘插了进来，凭她的一张能说会道的厉嘴，替代毓秋与宋程的哥哥谈起了恋爱并结了婚，这使毓秋的内心痛苦到了极点，但她咬咬牙忍住了。那姑娘不是别人，是史一松的同胞姐姐。后来，宋程的哥哥患了绝症，临终前说他对不起毓秋，祝毓秋幸福。这件事，在毓秋的心灵深处留下了不可泯灭的创伤。后来，她和史一松结婚了，为了不影响亲戚间的感情，她没有　那段往事，她只想在生日那天，悄悄地对死者作一番祭祀。讲到这里，丁毓秋声泪俱下地说："我自以为我这样做，从来没有影响过别人，也从来没有影响过家庭。一年三百六十五天，我把三百六十四天给了丈夫，只留一天给我自己，难道做过分了吗？难道就不允许我有一点小小的秘密吗？"

宋程与女朋友很快地重归于好。但是丁毓秋却变了，她变得郁郁寡欢，少言寡语，对史一松也比以前冷淡了。

史一松十分后悔，苦果是他一手栽种，事到如今，他只得独自品尝苦果的滋味了。

（倪国萍）

小巷跟踪

　　上海郊区有一对小夫妻,丈夫叫赵强银,在镇卫生院当医生,妻子叫林素珍,在镇农机厂当工人。赵强银脾气古怪,遇事喜欢在肚皮里弹琴;林素珍性格爽朗,心里想啥,嘴上讲啥,而且还喜欢唱歌、跳舞和演戏。然而性格的差异,丝毫没妨碍两个人婚前的谈情说爱。那个时候,林素珍练唱,赵强银先当听众;赵强银讲课,林素珍先当学生。人们都把他们比作《西厢记》里的崔莺莺和张生。

　　结婚后,夫妻生活正常了,当然也没有必要天天约会了。林素珍本来就是厂里宣传队的首席女高音,目前又在厂里排演反映"五讲四美"的歌剧中担任女主角,因此,她的业余时间几乎全泡在排演之中,常常是从早忙到夜,顾了头顾不了脚。这种生活,三天五日倒还罢了,老是这样,赵强银不高兴了。他想:结婚前你对我倾心爱慕,结婚后你把我甩在一边;你睁开眼睛朝外跑,踏进家门倒头困;你在外边有说有笑,见到我时"嗯嗯噢噢"。夫妻生活要是这样,那还有啥意思呢!他心里有气,又不愿对妻子亮开思想明讲,只是一个人七想八想,胡思乱想。

有一天晚上,林素珍排完戏,见天色不早,怕丈夫等久了又要啰唆,便抛开大街抄了个近路回家。她穿过一条小巷,猛然间感到后面有人跟踪,回头看看,只见那个黑影尾随在身后。林素珍顿时心里发慌了。她想:回到大街上去吧,就要和那个奇怪的黑影照面;继续朝前走吧,还要经过一段黑灯瞎火的地带,万一那黑影真是个流氓,如何是好?想想害人之心不可有,防人之心不可无,还是稳一点好,于是她一阵小跑,进了对面一家亮着电灯的人家,想暂时躲避一下。

恰巧这家人家有个姑娘和林素珍是中学时的同学,多日没见面了,那姑娘见林素珍突然摸黑登门,感到又惊又喜。老同学相见,说起话来就长了。两个人谈谈笑笑,不知不觉就坐了一个多钟头。后来,那同学又陪她走了一段路,才告辞回家。

林素珍推开家门,只见房里灯火通明,丈夫赵强银正坐在那里"呼哧呼哧"生闷气。她上去推推,不响;再推推,赵强银"嘭"站起身来,用从未有过的粗嗓门问:"你上哪里去了,为啥这么晚才回来?"林素珍见丈夫发这么大的火,一时竟不知如何回答。赵强银见妻子愣着不响,更加怀疑,憋了好半天,又像审讯犯人一样问:"说呀,为啥不敢回答我的话?"林素珍一听,她想:我又没去做贼,讲话干吗这样难听!因此喉咙也响了:"排戏去了,你又不是不知道!""那,那排完戏以后呢?"林素珍又愣了一愣,想起刚才在小巷里遇到黑影的事,本想告诉丈夫,又怕他知道了,今后更加不让自己出去,因此便随口说:"排完戏,我就回家了。"赵强银一听,如雷轰顶,眼睛一黑,差一点倒下去。他伤心地数落道:"素珍呀,素珍,有道是一夜夫妻百日恩,你这样做,良心上过得去吗?"林素珍越听越糊涂:今天丈夫又没喝酒,怎么说出话来叫人摸不着头脑? 便说:"强银,你把肚里的话说出来,夫妻之间兜啥圈子呀。""好,我说,今晚你有没有到人家家里去?"林素珍想不到丈夫消息会这样灵通,原来兜了半天是为这事而生气,她放心了,于是便原原本本把小巷里遇到黑影的事说了一遍。赵强银不响了。为啥? 原来那黑影不是别人,正是赵强银自己。赵强银为啥要跟踪妻子? 说起来也是芝麻掉进针眼里——巧事一桩。今晚赵强银在医院值班,回来也晚,走到半路,远远看见妻子一个人匆匆忙忙穿进一条小巷。本来他应该叫声妻子,便可双双结伴回家,但他却由此产生了一个问号:一个女人家,夜深人静的,大路不走,穿小巷干啥? 因为多了个心眼儿,他便悄悄地跟了上去。结果闹出了自家人吓自家人的笑话。

听了林素珍的说明,赵强银仍半信半疑。他想:这种讲得明的事情,她一开头为啥要掩掩盖盖? 再说,深更半夜在人家家里一坐就是个把钟头,天知道她在干啥呢?

赵强银心中的疙瘩没有解开,而且越积越深,天长日久,这自然给以后的夫妻生活罩上了阴影,闹出许多不该有的笑话来。

有话则长,无话则短。转眼一年多过去了。这一年林素珍生下一个八斤重的胖小子,亲戚邻里、同窗好友都来祝贺,可是孩子他爸爸赵强银的面孔却拉长了一两寸。为啥? 前面说过,他心中的疑团未解开呀。妻子生了孩子,他忽然又莫名其妙地感到:不管从哪个角度看,这个孩子似乎都不像自己。联想起妻子过去种种事情,譬如常常深更半夜回来,对自己婚后不如婚前热情等等,肚里就像喝了一瓶醋——酸溜溜的。

孩子满百日那天,正好赵强银休息。早上,赵强银刚起床,就觉得肚子一阵抽动,痛得他呼天唤地,冷汗一身。林素珍在一旁又是递水,又是送药,忙得脚不沾地,看看止不住,又急急忙忙跑到一家小药店去买来治腹痛的药片。药买来了,林素珍说:

"厂里有事,我去请个假再回来。"说完,便匆匆忙忙走出了家门。

俗话说:人在事中迷,就怕不听劝。赵强银钻进了牛角尖,是不碰破头不转弯的。他见妻子丢下自己走了,又气妻子对自己没感情。这一气,肚子更加痛了。赵强银忙拿起林素珍买来的药片,刚想丢两粒进嘴,一看有点怀疑,再细细一辨,顿时大惊失色。他是医生,会不识药吗? 原来,林素珍买来的根本不是什么止痛片,而是给猪打虫的"敌百虫",这药人吃多了非丧命不可。呀! 呀! 呀! 想不到妻子竟是这样的狠毒。哼! 想害死我,办不到! 我今天非把你那个狐狸尾巴抖开不可! 赵强银血冲脑门,也顾不得孩子了,"呼"拉开房门,冲出去要找妻子算账。

赵强银刚刚跑出弄堂口,就见妻子和一个眉清目秀的男青年迎面跑来,他双目圆瞪,怒不可遏,大喝一声:"站住!"这时候的林素珍,头发蓬乱,面孔通红,汗水顺着鬓角"滴滴答答"朝下淌,一件白衬衫像从水里捞起来一样。她一看到丈夫,竟惊慌得一时说不出话来,只是:"你,你,你……""你什么!"赵强银又吼了一声。这时,那个青年已看出了他们之间的关系,连忙说:"这事不怪她,都是我的责任。""什么?"赵强银一听,简直气昏:好啊,他们倒真是情深意长,马脚露出来了,男的还主动承担责任,他又吼了一声:"没那么便宜……"那青年也顾不得计较对方的态度,急切地打断赵强银的话,问道:"那药呢?""全吃了,怎样?""啊呀!"林素珍和那个青年同时惊叫起来。还是林素珍醒得快,急忙喊道:"那快送医院!"那个青年也回过神来,一把抓住赵强银,朝旁边大声喊道:"快送他上医院!"他话音一落,"通通通"跑来一群人,抓胳膊的,抱腰的,抬腿的,七手八脚架起赵强银就朝医院方向飞跑。赵强银几乎气疯了。他想:妻子竟敢在光天化日之下串通情夫纠集这伙人来加害于我! 一股无名怒火使他不顾一切地喊叫起"救命"来。这一喊不要紧,值勤的民警跑来了,过路的行人跑来了,"呼啦啦"在他们身旁围起了一个大圈子。

民警严肃地询问:"这是怎么回事?"赵强银趁人们惊愕之际,挣脱出身子,扑到民警身旁,气急败坏地说:"我,我妻子与人合谋,要,要害死我!"听赵强银这么一说,那青年和那群人顿时面面相觑,几乎晕倒。这时,当然要数林素珍最了解丈夫,她马上猜到丈夫又想到歪路上去了,脸"刷"的一白,眼泪也随着"簌簌"掉了下来。她想:结婚后,自己总认为一只碗不响,两只碗叮当,夫妻之间难免有个磕磕碰碰的事情,在解释不清的情况下,自己处处采取克制忍让的态度,只盼望丈夫能明白道理,顾全大局。谁料到,丈夫猜忌多疑的心理却有增无减,以至今天竟荒唐地演出了这场闹剧,怎不叫人心碎!

这时,那青年掏出工作证,递到民警手里,说:"我是青村药店的负责人,怪我们工作疏忽,昨天盘点药品时没有交代清楚,结果今天一个新职工误将一包'敌百虫'当腹痛片卖了出去。事情发现后,经过回忆,才想起顾客是镇农机厂的。当我们赶到这位顾客单位的时候,才知道她已将药片交给爱人了。因为事关人命,药店的人和她单位里的人都急着跑到她家里来找人了。现在,人找到了,可是他已经把药全吃下去了。事不宜迟,得赶紧送医院去灌肠。"

"啊!"赵强银听完这一番话,羞愧得直想找条缝缝钻进地底下去。他拿出药包,不好意思地说:"我,我没吃。"

人们听说药没吃,一块石头落了地。这时林素珍走到丈夫面前,沉痛而真诚地说:"强银呀,这事,我也有责任,平时对你的关心也不够。强银呀,咱们夫妻结合,就像登上了同一条大船,如果互相猜疑,又能得到啥好处呢?"一番话,说得赵强银心里像打翻了五味瓶,甜酸苦辣咸俱有。他感到对不起大家,更对不起自己明理贤惠的好妻子。赵强银越想越感到内疚,想说什么,喉咙口却像被棉花团堵住似的,过了足有半支烟的工夫,忽然蹲下身子,双手抱着脑袋,"哇"一声哭了起来。　　　　(吴　伦)

大上海遥控

楚天成是个木匠,他娶了个妻子叫尤香莲。这尤香莲长得眉清目秀,相貌儿是全村公认的头一把交椅。由于她父母重男轻女,再加当时家里穷,所以没进过学校门,至今除了认识自己的名字以外,大字不识一个。虽说她是个文盲,但绘画绣花倒是顶刮刮的。

楚天成娶了这么个妻子当然高兴,但高兴之余又有点担心,为啥?因为他知道自己的相貌不好。大概是父母的粗制滥造,出了这么个等外品,和妻子一比要相差老大一截,简直上不了台面。再说他又是个"吃千家饭"的木匠,万一他不在家的时候,哪个奶油小生乘虚而入,岂不糟糕!为此,他早上出门帮人家干活,一到傍晚,无论路多远,也不管下雨还是落雪,都得赶回家来。东家要留宿,他总是说:"不,我陌生床上睡不着。"

这还不算,他更忌讳的是妻子跟青年男子接触。要是发现妻子同男人谈话,他的脸立刻就会拉长,那色彩就像肉店里的砧板,并且还要对妻子审问一番才罢休。

更有趣的是,有天晚上他喝得醉醺醺的回家,到了门口,决定来一次"火力侦察",于是就轻轻地敲了敲门。屋里传来了尤香莲的声音:"谁呀?"楚天成变腔改调地小声说:"是我呀,快开门。"

尤香莲正在洗脚,她一听声音,知道来者不善,心里好不恼火,暗想:我不给你点味道尝尝,你是不会甘心的。因此就轻轻地开了门,顺手将一盆洗脚水泼了过去,浇了楚天成一头。

楚天成想不到妻子会来这一手,只是"啊"地一声,愣住了。尤香莲一看是丈夫,又见他那落汤鸡似的一副狼狈相,觉得又好笑又好气,又可怜又可悲,转身上了楼,趴在床上哭开了。

事情一传开,大家都当笑话谈。从此,别说小伙子,就是老头子也不敢跟尤香莲接触了。这倒也好,夫妻俩相安无事过了半年多。

今年春天,楚天成被吸收到建筑工程队任木工,时隔不久,这建筑工程队又开进了大上海。这下完结,他再不可能天天晚上回家看住老婆了。

一晃二十多天,他时时刻刻都惦念着美丽的妻子,真想回家看看,可是离家千里,回去一趟不容易,再说任务紧迫,请假也批不准。他左思右想,决定写封信回去,一来联络感情,二来作些关照,以免她一失足成千古恨。

可是当他 笔要写时,却又愣了,心想:妻子是个目不识丁的睁眼瞎呀,收到信一定请别人读,那不泄漏秘密吗?不,这信不能写。他刚放下笔,又猛然想到妻子能画画,以画代信不很好吗?对,就这么办。

别看楚天成是个木匠，头脑里还很有点艺术细胞，很快就写成了这封奇特的情书，当夜就送进邮筒，寄走了。

数天之后，尤香莲收到了这封信。她对邮递员说："同志，我不识字，你就拆开来念给我听听，行吗？"邮递员摇摇头说："不行啊，信上写着你亲收，旁边还有一行小字：不得代拆代阅。你还是自己慢慢去看吧。"

尤香莲回到楼上，拆开信封一看，哪是什么信，是三幅画：第一幅画着一只倒置的茅台酒的瓶子，旁边还有个小小的瓶塞子；第二幅画着一个男人，一把刀对准自己的脖子，胸口还有个女人的头像；第三幅画着一座楼房，大门紧闭，门口站着一只狗，昂着头看楼上，口里还流着口水。

面对这么三幅画，尤香莲呆住了，心里想：这是啥意思呢？是说他酒喝光了，要我给他送酒去吗？不，不会的，他身在上海，什么酒没有呀！喔——对了，一定是说他一次喝光了一瓶酒，醉醺醺地和人打架，被人家捅了一刀，所以心里想着我去照顾他。可那只狗又是啥意思呢？她越想越着急，越想越感到蹊跷。为了弄明白这封怪信的内容，她决定请人帮忙。

找谁呢？她一下就想到了金老头。这金老头今年六十多岁，称得上是村里的一个"老秀才"，他会算命排八字，会看相，还会抽牌测字。他白天在家，傍晚就到镇上去摆摊子，给人指点迷津，生意倒也不错。

尤香莲拿了丈夫的信，来到金老头家里，把情况原原本本一说，将信递了过去，要金老头翻译一下这封"天书"。

金老头也确实具有这方面的"天才"，他看了那三幅画以后，略一思索，笑笑说："这是给你的情书呀。"尤香莲急忙问："他说的啥呀？""你听我说，这第一幅画是说'好久不见了'。"尤香莲想想也对，茅台酒是好酒，现在酒瓶空了，不就是"好酒（久）不见了"嘛！"那第二幅画啥意思呢？""他说，非常想念你。""想我为啥有把刀？""哎呀，这刀代表杀，这就是说他想你想煞啦。还有这第三幅画，我看不说也罢。"金老头这一卖关子，急得尤香莲非要他说出来不可。金老头说："我可以讲，但你不可生气。""我绝不生气。""那好。他是说，很多狗见了你直流口水，让你关好大门，别让野狗闯进来。他是对你不放心呀，你明白吗？"

听金老头这么一说，尤香莲气得转身跑回家里，心想：好一个楚天成，把我当潘金莲啦，你会画，我就不能画吗？她 起笔来，也画了三幅画：第一幅画的是一只大坛子，里面装着个男人，脑袋露出坛口外，直流口水；第二幅，是一个被切成两半的梨，旁边还有一把刀；第三幅是一座房子，大门敞开，里面坐着个戴大盖帽的男子汉。她又请金老头写了信封，就到镇上发了出去。

楚天成收到信，拆开一看，气得差点晕倒。这三幅画不是明明白白的么：第一幅画，让我在酒坛里醉死；第二幅画，她在家切梨头吃；这第三幅么，是说家里还有男人陪伴，而且是戴大盖帽的。

他这么一想还了得，以老婆出问题为由请了假，急乎乎赶回家来。到家一看，天呐！家里是铁将军把门，两扇大门上画着两只狗，正冲着他龇牙咧嘴地狂吠。难道老婆真的跟人跑啦？他顾不得口渴肚饥，又急忙赶到老丈人家里。老丈人一反常态，见了女婿，冷冰冰地问道："你来干啥？"楚天成忙说："香莲来过吗？""香莲？你和香莲怎么啦？"楚天成连忙掏出那封信，说："爸爸，她给了我这么封信，你看气人不气人！"老丈人接过画信看了看，说："这信你看懂了吗？""这不明明白白的吗，说我是酒坛子，她家里养了个野汉子，连吃梨都切开，一人吃半个。"老丈人听罢哈哈大笑，说："你呀，我看是吃醋吃昏头啦！告诉你，这第一幅画说你是醋坛子，不像个男子汉；第二幅画说的是要跟你一刀两断——分离（梨）；第三幅就是说，你若不肯离，就上法院。"他见女婿低着头，又说："一个男子汉大丈夫，心胸这么狭窄，老是疑神疑鬼的,让你老婆怎么做人? 夫妻么,要互相信任,互相尊重,不然,还做什么夫妻?"

楚天成愣了好一会儿,红着脸说:"爸爸,我错了,你就劝劝她,跟我回家吧。"老丈人说:"要劝你自己去劝,她在楼上,能不能使她回心转意,就看你自己了。"

楚天成上楼去了。至于楼上的事,那风风雨雨,我这个局外人就不得而知了。但我可以肯定,他们夫妻和好是没问题的,因为吃醋毕竟是爱的一种表现。

(王泽海)

情　谋

爱情里面要是掺杂了和它本身无关的算计，那就不是真正的爱情。

横塘桥头设计

有一年初秋的一天，从长长的横塘桥上冲下来一辆银光闪闪的自行车，箭一般地向长途汽车站飞驰而去。骑车的是位健壮的农村姑娘，叫薛金凤，是个孤女，高中毕业后在农村小学代课。她是到汽车站接未婚夫陈佩德的。

陈佩德是五年前进医学院读书的。有人说，地位变了心也会变，可陈佩德对金凤却更加依恋，更加痴心。信来信往，邮递员踩断了门槛；每逢暑假、寒假总是急匆匆地赶来，说不完城里的新鲜事，讲不完心里的悄悄话。现在陈佩德从医学院毕业了，这趟回来就是和薛金凤成亲的，新房就建在农村，一切结婚用品都由他从城里带来。

从省城开来的长途汽车终于缓缓地驶进了车站。陈佩德第一个跳下车来,向金凤举起了双手,塑料袋里的喜糖在太阳光下闪闪发亮。陈佩德带来的东西真不少,印着双喜的茶具,画着鸳鸯的脸盆……金凤暗暗庆幸,要不是陈佩德在信中关照骑自行车来,这么多东西真不知怎么拿呢!

金凤好不容易才把这些东西捆到了自行车上。陈佩德含情脉脉地望着金凤,体贴地说:"金凤,你累了,我来踩你回去吧!"说完,便飞身上车,金凤也轻轻地跳到了后车架上。

两人有说有笑,一路顺风,驶上了横跨大运河的横塘桥。金凤怕陈佩德劳累,想跳下车来,陈佩德硬是不让,逞能地挺起上身,连踩了十几脚,自行车驰向桥顶。就在这时,桥顶上一声长鸣,冲下一辆卡车,开车的老司机,从窗口探出身子拚命喊叫。可是已经晚了,车辆从自行车上压了过去,陈佩德被摔到桥墩上,金凤头颅开裂,脑浆四溅,当即身亡。发生了这么大的车祸,过往行人立即飞奔着围过来。陈佩德扑在金凤身上呼天抢地,当人们了解到这对马上就要操办喜事的年轻人突然祸从天降,都不由纷纷叹息。

事有凑巧,赶来处理这起车祸的值班民警叫马大明,从前和陈佩德插队在一个集体户。他忍着悲恸,当即在现场照了相,拘留了老司机。为防止陈佩德突然遭受这样的刺激,会承受不了,再产生不测,就连夜派人护送他返回省城,而薛金凤的一切后事全由他一手操办了。

半个月以后,正逢国庆节,马大明怀着沉重的心情,带着三千元交通事故赔偿费,到省城看望陈佩德。一路上,他简直不敢想象他这位插队时的伙伴是怎样度过这痛苦的日子的。但是,当他走到陈佩德家门口,只见宾客盈门,鞭炮齐鸣,原来,陈佩德正在举行婚礼。马大明一见这情景,惊呆了:会不会是陈佩德蓄意谋害薛金凤?老司机申述自行车是在接近桥顶时突然拐向卡车的。他感到需要重新调查这个事件,才能对得起死者。他立即冷静地略略思考了一下,决定去见陈佩德。

陈佩德猛一见马大明,顿时大吃一惊,不过立刻就满脸堆满了笑容,把他介绍给新娘说:"这一位是我插队时最要好的朋友。"新娘生得十分俏丽,落落大方地站起身,邀请马大明坐在她的身旁。

这时,有个油头小伙子带头起哄,鼓着掌说:"请新郎介绍恋爱经过!"陈佩德连连摇手:"我没有什么好谈的!没有什么好谈的!""哈,还想保密啊?"在他身后钻出来一个烫着长波浪的姑娘,说,"谁不知道追求我们新娘的人足足可以编成一个营,可她偏偏看中了你,内中一定有天大的秘密,今夜一定要公开出来!"陈佩德依然连连摇手。

这时,医学院一位中年教师帮他解围说:"好吧,新郎、新娘都是我的学生,有关他俩的恋爱经过,我可以代为介绍!"陈佩德急得脸上一阵红一阵白,双手拉住中年教师的衣袖,说:"老师,老师,请你不要讲,什么都不要讲!""哈哈哈,还怕难为情吗?'公主'已经夺到手了,放心吧,谁也夺不走啦!"宾客们兴致很高,中年老师便绘声绘色地介绍起来。

原来,新娘叫沙湘月,是医学院附属医院的药剂师,她父亲是专攻药物学的名教授。陈佩德考进医学院不久,即倾慕这位"骄傲的公主",经历了一场艰苦的"马拉松"赛跑,以他始终不渝的坚贞爱情,终于赢得了"公主"这颗纯洁无瑕的心……马大明的心再也不能平静了:既是如此,那陈佩德半个月前为什么要准备和金凤成婚?马大明再也坐不住了,趁新郎站起身来招待其他宾客的瞬间,他轻轻地对沙湘月说:"我有话要对你说。"

沙湘月惊愕地扫了马大明一眼。这时候,舞会开始了,沙湘月邀请马大明同跳"探戈"。当他俩滑步到了通向阳台旁的长窗时,马大明便压低嗓音向她说了事情的全部经过。沙湘月的脸容始终是平静的,甚至还在微微笑着。马大明无意中抬起头来,见陈佩德正警觉地注视着他。果然,一支乐曲刚刚结束,陈佩德就走到他们面前,用异样的目光看着马大明,说:"哈哈,你们倒是一见如故啊!"

新娘恬静地一笑,抢先回答说:"你不是说他是你最好的朋友吗?听他讲你插队时的故事,真是有趣极了!"

马大明趁此告辞了,临走时故意对陈佩德大声说:"我借宿在公安局招待所 309 房间,电话号码很好记:76000。"陈佩德特别殷勤周到,一直把马大明送出大门外,目送他跳上了电车,方才心事重重地返身回到客厅。他环顾四周,不见了沙湘月,一问,说新娘子身体不大舒服,先回新房歇息了。

陈佩德送别了宾客,走进新房,看见沙湘月坐在方桌旁边等候他,便高兴地说:"哈哈,骄傲的公主,我终于得到你啦!"

沙湘月满脸含笑地说:"佩德,我们举行了婚礼,我就是你的人了,但是要真正成为夫妻,还得共饮这交杯酒。"她伸出手,端起五斗柜上两杯斟好的红葡萄酒,送到了陈佩德的嘴边。"哎,酒宴上他们已经快把我灌醉了!"陈佩德打着酒嗝,解开西装上衣,扯下领带,对沙湘月说,"我们睡吧!"沙湘月温顺地说:"佩德,你急什么?你不是说一切都听我的吗?""喝就喝!"陈佩德接过酒杯,一仰脖子"咕咕咕"倒下半杯,沙湘月也饮了半杯。随后他们又交换了酒杯,一饮而尽。

这时,沙湘月站起身,对陈佩德说:"佩德,告诉我,金凤是谁?"陈佩德顿时像被蝎子蜇了一口:"这、这……"沙湘月仍旧温顺地说:"佩德,你不是保证对我一辈子忠诚吗?不管什么事,只要你说清楚了,我会原谅你的。""不不不,"陈佩德急叫起来,"什么事也没有。我今生今世只爱你一个,也只爱过你沙湘月!""那么,这个薛金凤是你什么人?"沙湘月逼近了一步。"上天作证,我陈佩德最最憎恶那些朝秦暮楚的薄情郎呀……"他突然想到马大明身上,"对了,一定是那个姓马的家伙,他对我最忌妒了……"

沙湘月冷冷一笑,说:"佩德,刚才我们同饮的交杯酒里,我就放进了我父亲最新的研究成果 B. T. E,当然是超过了人体所能允许的剂量。要不了一个小时,我们就一命呜呼了!""啊——"陈佩德大惊失色,急忙取过酒杯来看,酒杯底里确实还留着黏糊糊、黄腻腻的残质。他发疯似的抓住沙湘月的衣襟,气急败坏地嚷道:"你,你这狠心毒辣的女人,为什么要谋害我?"

沙湘月并没有挣扎,反而凝视着他,说:"佩德,命运已把我们结合在一起,我只想在我死去之前,和你作一次心对心的交谈,让我知道你的过去,在九泉之下,我能做个明白鬼!"陈佩德凶相毕露,把沙湘月推倒在地板上,吼道:"你要死,尽管去上吊、投河,为什么要拉上我?我好不容易夹紧尾巴做人,苦苦挣扎到了大学毕业。人生的欢乐、享受都在等待着我。不,我不能就这样死去!"

"什么,你不想死?"沙湘月撑起半个身子,抬起了头,"啊,我弄错了,我还把你'生同衾、死同穴'的山盟海誓当真呢!那好吧,我反正没有脸面留在世界上了,但是我可以救你!""真的!"陈佩德急忙蹲下身去,摇晃着沙湘月的胳膊,"你说啊,你快说啊!"沙湘月咽了下口水,大口地喘着粗气,断断续续地说:"佩德,我身体比你弱,药性先发作,要先走一步了。我一定要救你,只要你……""你要我什么?"陈佩德"扑"一声双膝跪下,"只要我能活命,我什么都可以答应你,你快说呀!"沙湘月哀怨地瞟了他一眼:"请你把一切讲明白,我马上给你解救药。"

陈佩德看到沙湘月摇摇晃晃的身躯,再也支撑不了多少时候了,自己的心脏也隐隐作痛,胸口闷郁,四肢麻木,眼前阵阵昏黑。现在时间就是生命,不能再拖延下去了,他只得把如何稳住金凤假约婚期,如何去信要求她骑车来接,如何在横塘桥上制造车祸……原原本本地讲了一遍。

　　沙湘月听完之后，轻轻地叹了口气，从口袋里取出一把自行车钥匙，催促说："快……在我房中，第三个抽屉，有一个白色的药瓶……"

　　陈佩德急匆匆地骑了自行车，赶到沙教授的家中，敲开了门，一口气直奔沙湘月的闺房，拉开写字桌上第三个抽屉，果然见到一个白色的药瓶，他顾不得计一下数，倒了一大把就吞进了嘴里。定睛一看，原来吞下去的是"乌鸡白凤丸"，他这才猛然醒悟，沙湘月给自己吃的不是毒药。

　　再说新房里的沙湘月等陈佩德跨出门去，马上精神一振，收拾起五斗柜上的日立牌录音机，拨起了电话：76000……

（冬　苗）

婚礼宴上施魔

　　这天晚上，地建公司的设计员梁新柱和打字员苏小丽在公司礼堂举行隆重的婚礼。

　　梁新柱仪表堂堂，穿着一新，显得容光焕发，气度不凡。苏小丽是公司里有名的美人，今天更是打扮得千娇百媚，真好像天仙下凡。这一对新人在婚礼上光彩照人，引来了满堂宾客"啧啧"赞声。人们祝贺道喜，哄笑逗闹，把婚礼的气氛推向一个又一个高潮。

　　人们闹兴正浓时，从门外进来一个小伙子，看上去二十五六岁的年纪，西装革履，英俊潇洒，满身的"帅"味。

　　大家一看到他，都纷纷鼓起掌来。原来这个小伙子叫张国平，是县魔术团的演员，他那一手精彩的魔术节目总能使人们惊叹不已,加上平时为人正派,热心助人,所以很得大家的喜欢。他今天也来参加婚礼,肯定会拿出最新的节目,为婚礼助兴。"张国平,来一个!张国平,来一个!"众人一片欢呼。张国平返过身来,彬彬有礼地向大家一压手,礼堂里顿时安静下来。

张国平微微一笑,说:"今天是新郎、新娘大喜的日子,鄙人当然要来凑个热闹。不过今天的场面比较惊险,所以请大家到时候不要惊慌。"张国平说完这番话,便神情自若地从西服内口袋里摸出一把匕首,高举过头顶,那刀尖亮光闪闪,寒气逼人。突然,他以迅雷不及掩耳之势把匕首朝新郎梁新柱当胸刺去。梁新柱躲闪不及,被刺个正着,惨叫一声,"扑通"仰面倒地,满胸、满身都是鲜血。

整个礼堂一片惊叫,人们还没完全从震惊中清醒过来,就听张国平返过身来,从容地说:"诸位请放心,新郎没有死,这不过是一把魔术用的假匕首。你们看!"张国平将这把沾满红水的匕首朝自己身上狠命刺几下,安然无恙。有人解开新郎的外衣一看,果然没有事,只是新郎受此惊吓,还没清醒过来。

张国平说:"请原谅,诸位一定会怪我开这样的玩笑太煞风景。可是这里有一个令人愤慨的故事,请大家听我说。"

原来,新郎梁新柱过去有个女友,叫祝桂兰,是他中学时的同学,两人同窗六载,早已暗结同心。毕业后,梁新柱考上大学,祝桂兰在家务农。梁新柱家庭生活困难,祝桂兰又从小没了父母,她便在家起早摸黑,卖柴卖菜,赚来的钱自己舍不得用,全部寄给梁新柱。为此,梁新柱感激涕零,每每放假回来都山誓海盟:今生今世永不忘祝桂兰的恩情。

四度春秋,梁新柱大学毕业了,被分配到地建公司当设计员。当梁新柱拿着工作分配通知单向祝桂兰报喜的时候,祝桂兰也告诉梁新柱,她肚子里已经有了他的孩子。梁新柱高兴得像孩子似地跳起来,说:"好!太好了!我一到单位马上就去打结婚证明。桂兰,你一定要好好保养身体,我们很快就要有一个活泼可爱的小天使啦!"

梁新柱到城里工作去了,起初每星期六都回来看祝桂兰,可是没多久就忙了起来,回来次数少多了。他还说刚到单位就打结婚证明,怕领导印象不好。祝桂兰不愿心上人为难,什么都依他。转眼又一个星期六到了,祝桂兰早早就在村头等着梁新柱,等啊等啊,直等到天擦黑了,也不见梁新柱的影子。祝桂兰转回家门,吃饭无味,干活无心。只听"咚咚咚"有人敲门,祝桂兰赶紧开门一看,是同村的阿牛,说:"桂兰姐,我今天上城里,在大街上碰到新柱哥,他要我带口信给你,这星期他加班,不来看你了。"啊,原来是加班!祝桂兰心中的石头落了地。

好不容易又挨过了一个星期。祝桂兰一大早就杀鸡宰鸭,给梁新柱烧好吃的。可是从早晨太阳升起盼到晚上星星满天,梁新柱还是没回家,也没人来给她捎什么口信。祝桂兰流泪了,心里有一种不祥的预感。这时候,祝桂兰的肚子已经一天天大起来了,在这偏僻的山乡,没有出嫁的姑娘有了这种事,还怎么抬得起头来!实在没办法,祝桂兰只好鼓起勇气,跑到城里去找梁新柱。谁知梁新柱一见祝桂兰的人影,只打了个照面就借故躲开了。祝桂兰不好意思跟他单位上的人讲,只好哭着回家,茶不思,饭不想,成天不说一句话,不到三天,就变得面黄肌瘦,像换了一个人。

这天,祝桂兰正在山上捡柴火,远远看见梁新柱来了,她感到天一下子亮了,山一下子绿了,水一下子清了。心上的人啊,你终于来了!谁知,梁新柱见到她,却紧锁眉头,唉声叹气,一屁股坐在地上,带着哭腔说:"完了,一切都完了!"祝桂兰吓坏了,摇着梁新柱的肩膀急切地问:"新柱,有什么事你就说吧!"梁新柱看了她一眼,摇摇头长叹一口气,悲悲切切地说:"小兰,想不到我父母亲听说你怀孕闹翻了天,说你肚子里的孩子是野种,说你水性杨花,不管我怎么解释,他们都不相信,他们说,如果我跟你结婚，他们就去上吊！"

"啊？"听到这里，祝桂兰又气又急，眼泪水"滴滴嗒嗒"落了下来，"新柱，那你说怎么办？"梁新柱抱住祝桂兰说："小兰，我是爱你的，没有你，我一天也活不下去。但是眼看生我养我的父母亲为了我们的结合要双双离开人世，我又于心不忍，真是左右为难啊！""那……"祝桂兰忍住泪，咬紧牙，深情地看了梁新柱一眼，"新柱，你的苦处我能懂，我们分手吧，绝不能让二老为了我走上绝路。"说罢，转身朝悬岩边跑去。

梁新柱一看，赶紧追上去，一把拉住祝桂兰的手，说："小兰，你别这样，要死，我们死在一起。"话刚落音，只见他猛地从腰里抽出两把刀来，光亮亮，寒森森，梁新柱自己拿着一把，另一把递给祝桂兰。只见他仰首对天，念念有词："苍天在上，我与小兰今生不能成双对，来世一定配鸳鸯。"说罢，举起钢刀，飞快地朝自己胸口捅去。祝桂兰惊叫一声，正要上前劝阻，但迟了，梁新柱仰面倒地，手里的那把匕首已经深深地插入胸膛，殷红的鲜血汩汩而出。看着心上人倒在面前，祝桂兰一刻也没犹豫，她紧握刀柄，也朝自己胸口猛地一戳，倒在梁新柱的身旁……

时间正在一分一秒地过去……当祝桂兰醒过来时，发现自己睡在乡卫生院里。她怎么没有死呢？原来就在梁新柱、祝桂兰他们两个握刀自尽后不久，与祝桂兰同村的张国平正好回村里来，路过这里，看到祝桂兰满身鲜血，胸口插着一把刀，连忙上去一摸，鼻息尚有一丝热气，于是立刻抱起她就往乡医院跑。

医院里，张国平一直守候在祝桂兰的身边。经过医生的紧急抢救，祝桂兰终于醒了过来，她听张国平把前后经过一讲，伤心得泪如泉涌："小张，你为什么要救我？小梁不在人世了，我一个人活着还有什么意思呢！"张国平横劝竖劝，总算劝住了悲痛欲绝的祝桂兰。张国平说："小祝，我当时救你的时候，根本没看到旁边还有小梁的影子，你怎么说他死了呢？你们到底是怎么回事？难道不能说给我这个老同学听听吗？"

祝桂兰这才一五一十向张国平说了事情的经过。张国平一听，顿时就全明白了。原来，张国平和祝桂兰曾经是小学里的同学，毕业后张国平被招进了县魔术团，两人就很少来往了。前不久，梁新柱突然凭借祝桂兰是张国平老同学的关系找到张国平，要他传授"拔刀自尽"的奥妙，说是学一手，可以在单位举行的文娱活动中为大家助兴。前些天，他硬缠着张国平把魔术刀借去，原来是去干这伤天害理的事儿。这个人面兽心的东西！绝不能饶过他。张国平怕影响祝桂兰的身体，没有将真相告诉她，他强压怒火，安排好了祝桂兰住院的事，便离开了医院。

张国平回到县里，就打听梁新柱的下落。当他听到梁新柱马上就要与公司的打字员苏小丽结婚，肺都气炸了。他本想冲到梁新柱家里，给这条披着人皮的畜生狠狠几记耳光，可一想到祝桂兰不仅伤重，而且医生说根据迹象，她肚里的孩子可能这几天就要前落地，于是他又改变了主意，决定帮人帮到底。他向单位请了一个星期的假，到医院护理祝桂兰，等她生下孩子后，才把事情的真相告诉她，并定下在梁新柱婚礼上揭穿这个伪君子的计划。

故事讲到这里，礼堂里一片骂声。梁新柱已醒过来了，惊恐地看着张国平，张口结舌说不出话来。突然，他发疯般地跳起来，拉着苏小丽说："小丽，别听他的，相信我吧！我爱你，我爱你啊！"

这时，宾客们纷纷朝两边退去，中间让出一条路来。梁新柱抬头一看，只见乡医院的两个护士扶着祝桂兰出现在礼堂里，祝桂兰的手里，还抱着刚出世的孩子。梁新柱浑身筛糠似地抖起来。人们被震怒了，吼声、骂声响成一片。苏小丽哭着骂道："你这个流氓！骗子！杀人犯！我一辈子也不愿看到你！"她一抬手狠狠扇了梁新柱两记耳光，哭着跑出了礼堂。

怒骂声中，人们拥着张国平、祝桂兰愤然离去，偌大个礼堂，只剩下梁新柱像癞皮狗一样，瘫在地上抖瑟着……

（吴亚松）

www.ingramcontent.com/pod-product-compliance
Lightning Source LLC
Chambersburg PA
CBHW060832120626
46557CB00001B/477